ELOGIOS PARA
LA PRIMERA REGLA DEL PUNK

"Acabo de terminar de leer *La primera regla del punk* de Celia C. Pérez. Qué historia tan refrescante y de gran corazón sobre zines, punk e identidad. ¡Me encantó!". —John Green, en Twitter

"Conmovedor". —*The New York Times*

"Una historia tremendamente reconocible y creativamente inspiradora, con una voz tan ingeniosa como aguda". —Bustle.com

"El debut de Pérez es tan exuberante como su heroína [...]. Un recordatorio de que las personas dan lo mejor de sí cuando no se ven etiquetadas dentro de casillas limpias y ordenadas".
—*Publishers Weekly*, reseña destacada

"Un debut encantador sobre una preadolescente reflexiva y creativa que conecta con sus dos identidades". —*Kirkus Reviews*, reseña destacada

"Aquellos que disfrutan de heroínas vivaces y valientes [...] quedarán encantados con Malú".
—*School Library Journal*, reseña destacada

CELIA C. PÉREZ
La primera regla del punk

Celia C. Pérez es la autora de *La primera regla del punk*, un Libro de Honor del premio Pura Belpré, 2018. Celia siempre ha sido creadora de *zines*, inspirada en su amor por la música punk y la escritura. Sus materiales favoritos son una grapadora, barras de pegamento y lápices de acuarela. Nunca dejará de sacar el cilantro de su comida en los restaurantes, y tiene dos juegos de muñequitas quitapenas, porque nunca sobran. Originalmente de Miami, Florida, Celia vive en Chicago con su familia, donde trabaja como bibliotecaria de una universidad comunitaria.

LA PRIMERA REGLA DEL PUNK

LA PRIMERA REGLA DEL PUNK

UNA NOVELA

Celia C. Pérez

TRADUCCIÓN DE MARÍA LAURA PAZ ABASOLO

Vintage Español
Una división de Penguin Random House LLC
Nueva York

PRIMERA EDICIÓN VINTAGE ESPAÑOL, JULIO 2019

Copyright de la traducción © 2018 por Penguin Random House LLC

Todos los derechos reservados. Publicado en los Estados Unidos de América por Vintage Español, una división de Penguin Random House LLC, Nueva York, y distribuido en Canadá por Penguin Random House Canada Limited, Toronto. Este libro fue publicado originalmente en inglés en los Estados Unidos como *The First Rule of Punk* por Viking, una división de Penguin Random House LLC, Nueva York, en 2017. Copyright © 2017 por Celia C. Perez.

Vintage es una marca registrada y Vintage Español y su colofón son marcas de Penguin Random House LLC.

Información de catalogación de publicaciones disponible en la Biblioteca del Congreso de los Estados Unidos.

Vintage Español ISBN en tapa blanda: 978-0-525-56716-5
eBook ISBN: 978-0-525-56717-2

Para venta exclusiva en EE.UU., Canadá, Puerto Rico y Filipinas.

www.vintageespanol.com

Impreso en los Estados Unidos de América
10 9 8 7 6 5 4 3 2 1

Para Emiliano, para mi madre,

Gloria,

y en memoria de mi hermana,

Gloria A. Tuñón (1970-2012)

CAPÍTULO 1

mi papá dice que el punk *rock* solo existe en un volumen: alto. Así es que me puse los audífonos y subí el volumen de la música hasta que las cuerdas del bajo golpearon, los platillos sisearon y las cuerdas de la guitarra chillaron como si estuvieran conversando. Mi mamá dice que mi música es puro ruido, pero para mí es el tema principal de mi vida. Y siempre me ayuda a concentrarme.

Arranqué una página de la revista y metí los dedos en los agujeros de unas viejas tijeras escolares de plástico azul. Me quedaban demasiado apretadas, pero mis tijeras, las de acero con mango negro, estaban empacadas y tenía que terminar. Era ahora o nunca.

Corté con cuidado la página con las cuchillas. Me gustaba la sensación de las tijeras rebanando el papel brillante. Sobre todo, cuando llegaba a la última parte y separaba el pedazo que quería. La palabra que recorté se quedó pegada a mis dedos húmedos y la puse con cuidado sobre el suelo, donde tenía esparcido todo el material para mi zine.

Había hojas blancas y revistas viejas que me había regalado mi papá, una barra de pegamento morado sin tapa y un folder con tantas imágenes que se salían por la abertura. La caja amarilla de Whitman's Sampler donde guardaba mis colores, calcomanías y algunos recortes todavía olía a chocolate, pero ya no quedaba nada de su delicioso surtido.

Estaba inclinada sobre la revista, buscando más letras para recortar, cuando vi unos pies calzados con sandalias de cuero. Frente a mí estaba parada mi mamá, con su playera que decía HECHO EN MÉXICO y una falda translúcida, hasta las rodillas. Movía los labios, pero sus palabras no podían competir con mi música. Por fin, me señaló los oídos.

—Supermexicana al ataque —dije, poniéndome los audífonos en el cuello.

Supermexicana es el apodo que le puse a mi mamá. Siempre quiere enseñarme cosas sobre México y los mexicanoamericanos. Creo que su principal meta en la vida es convertirme en una versión de la señorita mexicanoamericana ideal. Además, le gusta usar vestidos y faldas bordados, y esos mantos llamados rebozos. Yo lo llamó su uniforme supermexicano. Ella actúa como si le molestara, pero creo que en el fondo le gusta el apodo.

—Qué graciosa —dijo—. ¿Ya acabaste de empacar?

—Supongo. —Miré la pila de cajas y bolsas junto a la puerta.

Mi mamá me había dicho que llevara todo lo necesario, pero que no empacara de más. Eso no tiene sentido. Mi cuarto no es mi cuarto sin mis cosas. Solo quedaban algunas que decidí dejar y que eran la única señal de que había vivido ahí. Sentía como si alguien hubiera tomado una goma Pink Pearl y me hubiera borrado del cuadro.

—Genial —dijo mamá—. Tu papá llega en una hora, así que alístate.

—Ya *estoy* lista —. Miré mi playera y mis pantalones cortos.

Los ojos de mi mamá recorrieron mi ropa, escaneándola con sus superpoderes en busca de hoyos, manchas o cualquier otra falta impropia de una señorita. Pero antes de que pudiera decir nada, notó la revista que estaba recortando.

—Malú, esa no es mi revista nueva, ¿o sí? La que acaba de llegar por correo.

Sonreí a medias, sin mostrar ningún remordimiento, para hacerle saber que sí lo era.

—Dámela, si eres tan amable —dijo, extendiendo la mano—. Si necesitas revistas, revisa el bote de reciclaje.

—Sí, señora —dije, y le hice un saludo militar antes de entregarle la copia de *Bon Appétit*.

Me volví a poner los audífonos y tomé una hoja en blanco. Tenía que terminar el zine antes de que llegara mi papá.

Había empezado a hacer zines a principios de ese año, cuando descubrí los que hizo mi papá sobre música punk cuando estaba en la preparatoria. Los zines son publicaciones clandestinas caseras, y pueden tratar de lo que sea, no solo de punk. Hay zines sobre toda clase de temas, desde videojuegos hasta dulces y patinetas. Pueden ser un tributo a alguien o a algo que te apasiona y de lo que sabes mucho, o un espacio donde compartes ideas y opiniones. Mi papá dice que también son una buena manera de escribir lo que piensas o sientes, parecido a un diario que compartes con otros. Los míos eran, más que nada, de cosas que consideraba interesantes o sobre las que quería saber más. Pero desde que mamá me había dicho que nos íbamos a mudar muchos de mis zines trataban sobre eso.

Mi mamá actuaba como si la mudanza no fuera importante, ya que regresaríamos cuando su nuevo contrato expirara. Pero dos años bien podían ser para siempre. Dos años eran toda mi secundaria. Además, no podía siquiera imaginar cómo sería vivir dos años lejos de papá. Eso era algo *muy* importante, así que pasé la hora siguiente escribiendo, recortando y pegando una última petición para mamá. Pegué la última letra en una hoja justo cuando sonó el timbre, avisándome que no tenía más tiempo.

NO HAY LUGAR COMO EL HOGAR

HOGAR

hoGAr

hoGAR

HOGaR

HOGAR ES

PAPÁ y MARTÍ

Martí, el poeta (¡él no!)

Martí, el perro hermoso → (¡él!)

LIBROS SIN CADENAS

Gato de librería

Son libros, no una gráfica

Películas EN EL HIPPODROME

RESERVED

8   G   15

ADMIT ONE THIS DATE

NOV   1

HIPPODROME

902534

ADMIT ONE

3803286   3803286

Rogers

PaTINaR

(¡o intentarlo!) afuera del edificio de ARTE en el campus

¡Rollitos de mantequilla al ajo!   ¡Pizza de tomate y espinacas!   ¡Refresco de raíz!

Cena con papá cada viernes en la noche, en

Musgo español colgando de los árboles como fantasmas

10

EL ARBOL

Tormentas eléctricas en la tarde

mi lugar favorito en la

BiBLiOTeCA

Palabras

Cuando el repartidor avienta nuestra bolsa de bagels desde su bicicleta hasta la entrada. ¡Zas! y...

 bagels bagels ¡por todas partes!

AMOR
raíces
familia
feliz
MI HOGAR

CAPÍTULO 2

Cuando entré a la sala, mi mamá estaba sentada en el sillón, platicando con papá con la bolsa de tejido al lado. La bufanda, enroscada sobre sus piernas, crecía a medida que las agujas de madera hacían clic-clac debajo, encima y a través del estambre. Era un asqueroso arcoíris de colores pastel, como el tentáculo de un monstruo marino coloreado con Lucky Charms. Hice una mueca de asco por la bufanda y metí el zine en el bolso de mamá antes de correr a abrazar a papá.

—¡Lú!

Papá me levantó en un abrazo de oso.

—Mmm, ¿un regalo para mí? —preguntó mamá, alcanzando a ver el zine.

Asentí y me acomodé la playera cuando papá me bajó.

—Malú, ¿crees que podrías ponerte algo más bonito? —preguntó mamá—. Va a ser la última cena con tu papá en un buen tiempo. Sería maravilloso que te vieras como una señorita. Me conformo con una playera limpia.

—Así está bien —dijo papá.

—¿Lo ves, mamá? —Le sonreí tan odiosamente como pude.

—Claro —dijo mamá, mirándonos a mi papá y luego a mí—. Tal para cual.

Tenía razón. Papá traía puestos sus gastados Chuck Taylor negros de siempre, una playera de Spins & Needles Records y pantalones cortos de pana. Yo llevaba mis botas Doc Marten, una playera negra de los Ramones y pantalones cortos color caqui. Mi papá y yo nos miramos y nos echamos a reír.

—Somos gemelitos —dije.

—En serio, no importa, Magaly —dijo papá—. Solo compraremos algo para llevar y cenaremos en la tienda.

—Anda, papá —. Lo jalé del brazo.

—Está bien. Diviértanse —dijo mamá—. Y no olvides que volamos al mediodía, Michael.

—Estaré aquí con mi carroza —dijo papá, cerrando la puerta tras de sí.

Empujamos nuestras bicicletas hasta salir del jardín y mi papá me pasó el casco.

—Odio esa bufanda —dije entre dientes.

—¿Bufanda?

—El interminable proyecto de tejido de mamá… Es una mala señal.

Papá se rio.

—No sabía que fueras tan supersticiosa —dijo.

—Es en serio, papá. Esa bufanda solo aparece cuando mamá está estresada por algo. —Abroché la correa de mi casco—. Estuvo tejiendo todo el tiempo antes de decirme que nos íbamos a mudar. ¿Coincidencia? No lo creo.

—Bueno, ¿qué te parece si olvidamos la bufanda maligna por ahora? —dijo—. Vamos a recoger el pedido a DaVinci's. Ordené tu favorito.

—Fantástico —dije—. Porque en este momento siento que nunca volveré a comer en DaVinci's.

Se me hizo agua la boca pensando en la comida mientras recorríamos las pocas calles hasta el lugar donde cenábamos una vez a la semana. Si iba a tener una última cena en mi última noche en casa, quería que fuera comida de DaVinci's con mi papá.

Después de recoger la cena, nos fuimos a su casa, deteniéndonos antes bajo el letrero que colgaba a la entrada de su tienda. Se veía y giraba como un disco de vinil real. En el centro, el logo de SPINS & NEEDLES giraba sin parar.

Cuando papá abrió la puerta, Martí, su pitbull, corrió a saludarnos. Papá se tomaba muy en serio el nombre de Martí, asegurándose siempre de que la gente lo pronunciara correctamente.

—Es Mar-TÍ, como José Martí, el poeta cubano; no MÁR-ti, como Marty McFly, el de *Volver al futuro*.

Por lo general, las personas se le quedaban viendo como si no tuvieran la menor idea de lo que estaba hablando.

Ya no vería más a Martí correr hacia la puerta, ni

escucharía a papá corregir la pronunciación de la gente. Dos cosas más de las que tenía que despedirme.

—¿Qué pasa, campeón? —le dije a Martí, rascándolo detrás de las orejas. Meneó la cola y me olisqueó, hasta que se dio cuenta de que papá era quien traía la comida y fue hacia él.

—Traidor —dije, sacudiendo la cabeza.

—¿Qué quieres escuchar? —preguntó papá desde el mostrador.

—Escoge tú.

—¿Sabes? Chicago tiene buenas tiendas de discos —dijo papá—. Tienes que echar un vistazo en Laurie's Planet of Sound.

—De acuerdo —dije—. Pero no importa, porque ninguno de esos lugares será *esta* tienda.

Spins & Needles no era solo una tienda de discos; era mi segunda casa. Había sido la tienda de mi papá desde que yo tenía uso de razón. Él vivía en el apartamento de arriba. Cuando me enfermaba y me quedaba en su casa en lugar de ir a la escuela, papá ponía música bajita, relajante, porque sabía que el sonido subía hasta su apartamento.

Me encantaba pasar tiempo con él en la tienda, escuchando discos. Mi música favorita era la de los años setenta y ochenta, ese viejo punk que mi papá siempre ponía. Yo lo ayudaba en la tienda también. Me aseguraba de que los discos estuvieran en las cajas correctas, acomodados por orden alfabético, y decoraba los separadores blancos de plástico entre las bandas.

Pero la mejor parte era estar ahí cuando la gente iba a escuchar a alguna banda. El ambiente se volvía cálido y pesado, y a veces ni siquiera quedaba espacio para el pogo en la tienda repleta. La energía de la banda y de la gente me hacía sentir como si tuviera mariposas hiperactivas atrapadas en el interior. La música fluía por toda la tienda como una alfombra mágica que me invitaba a subirme y dar un paseo. A veces estabas tan cerca de una banda que parecías parte de ella. Algunas bandas incluso invitaban a la gente a cantar con ellos por el micrófono. Yo siempre quise cantar, pero nunca lo hice porque me daba miedo.

—¿Cómo supiste que tenía ganas de los Smiths, papá? —le pregunté cuando el sistema de audio de la tienda cobró vida.

La canción empezaba con una guitarra suave y nerviosa, y una voz que sonaba triste, pero a la vez un poco esperanzada. Como cuando estás atrapado en tu casa en un domingo lluvioso y todo lo que quieres es que el sol se asome para poder salir, aunque sea un rato, antes de tener que ir a la escuela el lunes.

—Suerte, supongo. ¿Bailamos?

Papá tomó una de mis manos y puso la otra en mi cintura. No podía dejar de reír mientras bailábamos vals y cantábamos por toda la tienda. La canción trataba de alguien con pésima suerte. Yo me sentía igual, así que me uní al coro, rogando obtener lo que quería al menos una vez.

Papá me dio vueltas hasta llegar al mostrador, y soltó mi mano.

—Gracias por el baile, pequeña —dijo—. Ahora déjame ir por platos para que cenemos.

Levanté los pulgares y me volví hacia el bote de

discos titulado NUEVAS (USADAS) ADQUISICIO-
NES. Saqué el de una banda que reconocí y estudié
el rostro de la cantante en la portada. Tenía el cabello
cardado y puntiagudo, y parecía mirarme. Llevaba su
característico maquillaje oscuro y pesado en los ojos y
los labios. Daba un poco de miedo con ese estilo, como
el de una bruja enojada, pero también se veía un tanto
bonita. Eso me recordó a mi mamá, que llamaba "ruido"
a la música punk. Siempre me deprimía que pudiera escuchar la ira en la música, pero no su belleza, como yo.

—Apuesto a que podría hacerle eso a mi cabello sin
problema —dije—. ¿Qué opinas, papá?

Levanté la portada del disco para que la viera.

—Claro —dijo, escarbando en un cajón de utensilios.

—Entonces, ¿crees que estaría bien si lo hago?
—pregunté esperanzada.

—Definitivamente, pero tendrás que preguntarle a tu
mamá al respecto.

—No es justo —dije—. Me está mudando al otro lado
del país. *¿Ni siquiera* puedo decidir cómo me veo?

—Tienes derecho a sentirte así, Lú —dijo papá, entregándome un plato de cartón y una servilleta—. Pero aun
así tienes que hablarlo con tu mamá.

—A veces quisiera que ustedes dos se pelearan como
dos padres divorciados normales —murmuré.

—Eso no es cierto —dijo papá.

—No, tienes razón.

Sabía que era afortunada. Me gustaba que mis papás se llevaran bien, aunque ya no estuvieran juntos.
La gente siempre asumía que mi mamá y mi papá eran
como los demás padres divorciados, que se peleaban

por todo, pero no, eran amigos. Se separaron cuando yo era bebé, así que no tengo recuerdos de ese tiempo, solo algunas fotos viejas.

—De todas maneras, no le gusta cómo me visto, ¿qué tiene de malo una cosa más?

—A mamá no le molesta cómo te vistes —dijo.

—Buen intento, papá.

—En serio. Está acostumbrada a atuendos raros y música fuerte. Estuvo casada conmigo, ¿no?

—Sin comentarios.

Tomé un pan y me lo metí completo en la boca.

—Creo que tu mamá y tú se parecen más de lo que crees.

—La Supermexicana y yo no tenemos nada en común —dije, con todo y el pan.

—Las dos hacen esa mueca con la nariz y el labio superior.

Papá se rio de la idea.

—Esto es serio, papá.

—Lo sé. Lo siento.

—Todavía no entiendo por qué no puedo quedarme contigo.

—Sabía que esto iba a pasar —dijo papá, y su expresión me hizo saber que no quería tener esa conversación—. Malú, tú sabes que mi agenda es impredecible. Por eso vives con tu mamá, ¿recuerdas?

—Pero ya casi tengo trece —dije—. Y soy muy responsable. ¡Lo sabes!

—Cierto —dijo papá—. Pero está decidido.

Podía sentir cómo se desmoronaba mi esperanza, como si una de esas inmensas bolas de demolición que usan para derrumbar edificios se acabara de estampar contra ella, haciéndola polvo. Pensé en el zine que le había dejado a mamá.

—¿Y si mamá cambia de opinión esta noche?

Papá me miró como si dudara de mi salud mental.

—Es posible —dije indignada—. Los padres no siempre saben qué es lo mejor, ¿no?

—Eso no lo puedo negar —dijo.

Vacié mi refresco de raíz en un vaso plástico y vi cómo la espuma amenazaba con derramarse.

—Mira, piensa en esto como una aventura en una gran ciudad —dijo papá—. ¿Cuántos chicos tienen la oportunidad de estar en un lugar nuevo y emocionante durante un tiempo y luego volver a casa?

—Ajá, debo ser la niña más suertuda del mundo.

Papá abrió la caja de la pizza y salió el aroma tibio de la masa horneada y el queso derretido, pero ya no tenía apetito. Hablar de la mudanza había arruinado mi última cena de DaVinci's.

—Lo siento, pequeña —dijo papá—. Esto va a ser duro para todos, pero lo superaremos, ¿sí?

Para ser honesta, ni mi mamá ni mi papá parecían particularmente destrozados. Podía sentir cómo se me llenaban los ojos de lágrimas, pero no quería llorar. Así que tomé una porción de pizza y me puse a reacomodar los tomates para formar una cara molesta.

—No pasemos nuestra última noche tristes —dijo papá—. Mira, tengo un regalito para ti.

Sacó una pequeña caja de zapatos de atrás del mostrador y la puso frente a mí.

—Un regalo no me va a hacer sentir mejor. Pero ¿la puedo abrir ahora? —dije con una sonrisa burlona.

—Por supuesto —dijo.

Levanté la tapa y saqué una pequeña caja ovalada de color amarillo. Era tan ligera que se sentía como si estuviera vacía. Adentro había seis muñequitas parecidas a un dibujo de palitos, con puntos de tinta simulando los ojos y la boca. Cada muñeca era más o menos del tamaño de mi pulgar, con brazos y piernas de cartón, y estaban envueltas con hilos de colores, como si fuera la ropa.

—¿Qué son? —pregunté, poniendo con cuidado las muñequitas sobre el mostrador.

—Son muñecas quitapenas —dijo—. Las pones debajo de la almohada cuando te acuestas, les cuentas lo que te preocupa y se lo llevan mientras duermes.

—¿Realmente funciona? —pregunté.

—Ya me contarás —dijo papá—. Pensé que te serían útiles.

Asentí y devolví las muñecas a su minúsculo contenedor. Lo otro que había en la caja era el viejo Walkman de mi papá y un casete en su estuche plástico.

—¡Genial! ¿Me grabaste una cinta?

—Puse algunas canciones nuevas y otras viejas —dijo papá—. Espero que te guste.

—¿El Walkman también es un regalo? —pregunté esperanzada.

—¿Qué te parece si te lo presto? —dijo papá—. Devuélvemelo cuando regreses.

Lo abracé y lo besé en la mejilla.

—Tal vez estés lejos de casa, pequeña, pero te puedes llevar la música adonde sea —dijo papá—. Siempre estará contigo.

—Gracias, papá.

—Oye, ¿quieres jugar al DJ?

—Claro —dije, y salté de mi banco.

Solía jugar al DJ en la tienda de discos, pero esta vez no me hizo sentir mejor. Aun así, saqué algunos de nuestros discos favoritos para escucharlos a través de las bocinas de la tienda mientras terminábamos de comer.

Después de la cena, recogimos todo y nos tomamos fotos en la vieja cabina fotográfica; una tira para cada uno. Miré la tienda una última vez, pretendiendo que mis ojos eran una cámara, y saqué fotos mentales para guardarlas de recuerdo. Luego apagué la luz.

Arriba, papá puso *El mago de Oz* mientras me ponía la pijama. Era una de mis películas favoritas y verla juntos una vez al año se había vuelto nuestra tradición. Me metí entre papá y Martí en el sillón. Me encantaba el principio, cuando Dorothy está en Kansas y todo es gris.

—No escuches esta parte —le dije a Martí, tapándole las orejas cuando la señorita Gulch amenaza a Toto.

Sabía que ya era grande, pero me acurruqué cerca de mi papá y respiré hondo sobre su playera, intentando memorizar su olor a detergente de ropa, chicle de menta y sudor, tan familiar. Me pregunté cuándo íbamos a poder ver la película juntos otra vez.

—¿Papá? —dije dudosa. Me sentía como un globo de agua a punto de reventar.

—¿Lú?

—Sé que no es punk tener miedo... pero tengo miedo.

—Está bien tener miedo, Lú. —Papá apretó mi mano—. Oye, ¿recuerdas cuál es la primera regla del punk?

—¿Que no hay reglas? —pregunté.

—Está bien, olvida eso —dijo, y se rio—. ¿La segunda regla del punk?

—¿Entre más alto el volumen, mejor?

—Eres toda una comediante.

—Lo sé, lo sé —dije—. Ser yo. —Había escuchado a mi papá decirlo unas cinco mil veces—. Pero ¿cómo se supone que eso me ayude?

—Pues te ayudará a hacer nuevos amigos, a encontrar a tu gente.

—Tengo amigos —dije, antes de poder evitarlo—. No quiero nuevos amigos.

Papá no respondió, pero yo sabía lo que estaba pensando. Era lo mismo que yo pensaba. En realidad, no tenía amigos cercanos en la escuela. Mi gente era mi papá, más que cualquier otra persona. Supongo que mamá también era mi gente, aunque fuera tan distinta a mi papá y a mí. Al parecer, me esperaba una gran búsqueda.

—Lo sé —dijo papá, y señaló la pantalla con la barbilla—. Pero vas a necesitar a otros para recorrer el camino amarillo. Me abrazó con fuerza y besó mi cabeza. Papá seguía diciéndome que no me preocupara, que todo iba a estar bien. Realmente quería creerle, pero al ver cómo la casa de Dorothy volaba por los aires y giraba en el interior del tornado no estuve tan segura.

CAPÍTULO 3

Bienvenida a casa —dijo mamá, abriendo la puerta y soltando nuestras maletas a sus pies.

—Esta no es mi casa —dije entre dientes.

El tapete de la entrada insistía en lo contrario. Decía: HOGAR DULCE HOGAR. Hice lo mejor que pude para no pisarlo y fui detrás de mi mamá por el largo pasillo.

—Bueno, este apartamento es nuestro hogar por ahora —dijo, asomando la cabeza en cada uno de los umbrales—. Es sencillo, pero lo volveremos acogedor, ¿estás de acuerdo?

—Claro, Martha Stewart —dije—. Pero ¿sabes qué otra cosa es acogedora? Nuestra *verdadera* casa.

—Malú, ¿por qué no escoges tu cuarto? —dijo mamá, ignorando mi comentario sarcástico.

Recargué mi maleta contra una pared de la cocina y me senté en ella con los brazos cruzados.

—Anda —dijo mamá—. Estás actuando como una bebé.

—No es cierto.

—¿No prefieres escoger cuarto primero? Como quieras.

—Está bien. Voy —dije levantándome.

—Voy a empezar a desempacar —dijo—. Podemos salir a caminar en un ratito, para ver el vecindario.

Tomé mis maletas y caminé por el pasillo. Se suponía que viviríamos en el campus, en las casas donde vivían otros maestros y estudiantes con sus familias, pero no había ninguna disponible, así que alguien en el departamento de literatura ayudó a mi mamá a encontrar este lugar. Estaba amueblada con ese estilo genérico que tienen las casas en los catálogos de muebles. No había nada demasiado personal, demasiado brillante ni demasiado diferente como para que resaltara de alguna manera. No había paredes pintadas de turquesa, como en casa. ¿Quién querría vivir en la fotografía de un catálogo de muebles?

Uno de los cuartos era grande, pero el más pequeño tenía más ventanas y ahí dejé mis cosas. Las paredes lisas estaban pintadas de un verde pálido que me recordaba el cuarto de hospital donde me recuperé después de que me sacaron el apéndice.

Al ver mi habitación, sentí una presión en el pecho, como si no pudiera respirar. Imaginé que mi corazón y mis costillas eran de vidrio soplado, con burbujitas de aire por todos lados, como en el documental sobre los sopladores de vidrio mexicanos que había visto con mi mamá ese verano. Sentí que algo me aplastaba y que mis entrañas de vidrio se iban a romper en mil pedazos.

No podía soportar ver las paredes vacías, así que abrí mi mochila y saqué mi folder con las imágenes y los artículos que tenía colgados en las paredes de mi otro hogar. La mayoría eran fotos de mis bandas favoritas, que había arrancado de revistas o tomado de internet. Saqué mi foto favorita de Poly Styrene, de X-Ray Spex, en su vestido de salchichas y huevos, y la de Frida Kahlo en la portada de *Vogue* de México. Lo último que colgué fue la tira de fotos de mi papá y yo en Spins & Needles.

Cuando terminé, saqué material para mi zine y una hoja de papel, y la doblé en ocho.

—Buena elección —dijo mamá, apareciendo en la puerta—. La podemos pintar si quieres. ¿Quizá ponerle cortinas?

—Claro —dije, metiendo los papeles en un libro.

—¿Tienes hambre?

—No realmente —dije—. Creo que tengo una bola de boliche en el estómago.

—Una bola de boliche, ¿eh?

—Y no es una de esas chiquitas, para manos pequeñas —dije—. Es de las más grandes, como las que usa papá.

—Suena fatal —dijo mamá—. ¿Por qué no pruebas caminar para que se te pase? No tienes que comer, pero creo que te sentirás mejor.

—¿No puedo quedarme aquí y hacer esto?

—No puedes esconderte aquí adentro, Malú —dijo mamá.

—¿No?

Mamá se acercó y enganchó su brazo con el mío. No tuve otra opción que dejarla jalarme por ese extraño pasillo.

—Anda —dijo—. Puedes terminarla después.

—¿Puedo llevar mi patineta?

—Si crees que te animará —dijo mamá con un suspiro—. Pero ten cuidado.

—Lo haré.

Como siempre, mamá se dejaba llevar por la paranoia y temía que me rompiera un hueso de solo mirar la patineta o, todavía peor, que me cayera y le mostrara mi ropa interior al mundo. Se estaba peleando con la llave en la cerradura cuando se abrió la puerta del otro lado del pasillo y se asomaron unos ojos oscuros y brillantes. Una anciana pequeña nos saludó.

—Hola, muchachas, ¿todo bien? —preguntó la mujer.

Salió de detrás de su puerta, vestida con una sencilla bata blanca con un estampado de unicornios. Su cabello estaba recogido en un chongo abultado, con una pequeña coleta en la base de la nuca, de donde se escapaban cabellos blancos y negros que se enroscaban alrededor de las orejas.

—Hola, señora —dijo mi mamá con una sonrisa—. No hay problema, solo la cerradura, que no quiere ceder.

Finalmente logró cerrar la puerta y sacó la llave de un jalón.

—Ese cerrojo es una punzada en las nalgas —dijo la mujer, consciente de ello.

Se dirigió hacia mi mamá y le tomó las manos, como si la conociera desde siempre. Vi que mi mamá se sorprendió un poco.

—Soy Oralia Bernal —dijo—. Bienvenidas al edificio.

—Gracias, señora Oralia —dijo mamá—. Soy Magaly Morales y esta es mi hija, María Luisa.

Mi mamá insistía en presentarme con mi nombre completo, lo que era muy molesto.

—Hola —dije.

La señora Oralia arrastró los pies hasta mí y me tomó las manos, apretándomelas. Sus manos eran morenas, más oscuras que las mías, y estaban cubiertas de unas arruguitas delgadas que las hacían parecer como bolsas de papel que alguien hubiera arrugado y luego querido aplanar. Me recordaban las manos de mi abuela. Solo que la abuela nunca usó barniz de uñas y las uñas de la señora Oralia estaban pintadas de un morado brillante.

—Bueno, bienvenidas —dijo la señora Oralia.

Nos miró a ambas y sonrió. Alcancé a ver el destello de un diente de plata. Me recordó al personaje de un libro que había leído, y por un momento me pregunté si la señora Oralia también sería bruja.

—Es un buen edificio, silencioso —dijo la señora Oralia—. Si necesitan algo, vengan. Estoy aquí todo el tiempo, excepto cuando no estoy.

Soltó una risita rasposa.

—Es muy amable de su parte —dijo mamá—. Saldremos a explorar, pero estoy segura de que la veremos pronto.

—Sí, claro —dijo la señora Oralia con un pequeño saludo—. Diviértanse, muchachas.

Me obligué a sonreír y vi que se metió a su apartamento.

—Parece agradable —dijo mamá una vez que se había ido.

—Supongo.

—Pues, hay muchos lugares por aquí que se ven muy bien. Investigué un poco en el internet. ¿Qué te parece comida etíope? La sirven en una charola redonda cubierta con una injera, y todos comparten.

—¿Qué es injera? —pregunté.

—Es como un pan esponjoso de masa fermentada —dijo mamá—. Lo utilizas para comer, en lugar de los cubiertos. Genial, ¿no?

Sonrió como si fuera lo más emocionante que hubiera escuchado nunca, pero yo solo quería saber una cosa.

—¿Hay cilantro en la comida etíope?

—Eh, no estoy segura —dijo mamá—. Pero preguntamos, ¿está bien?

Nos fuimos calle abajo, yo en mi patineta junto a mi mamá.

—¿Estás nerviosa por la escuela?

—No —dije, y le ofrecí una enorme sonrisa—. Siempre ha sido mi sueño ser la nueva de la escuela en el séptimo grado.

—Me da mucho gusto que hayas heredado mi sentido del humor tan seco —dijo mamá—. Está bien si estas nerviosa, ¿sabes?

—Los punks no se ponen nerviosos —dije, aunque *sí estaba* nerviosa. Súper nerviosa.

—Por lo menos tú —dijo—. Tal vez debería intentar ser punk.

Puse los ojos en blanco, pero mi mamá ni siquiera se dio cuenta. Tenía fruncido el entrecejo, como siempre que está en un trance laboral, como si estuviera pensando en su grandioso trabajo nuevo y se hubiera olvidado por completo de mí.

—Tu escuela está cerca, si quieres pasamos por ahí —dijo mamá—. Tal vez sea buena idea inspeccionar el territorio.

—Puedo esperar. —Quería evitar acercarme hasta que no tuviera otra opción.

—Creo que te va a gustar este lugar, Malú —dijo mamá—. Hay mucho arte, cultura e historia. Es justamente lo tuyo.

—¿Te has dado cuenta de que incluso el cielo se ve diferente aquí? —pregunté, cambiando el tema—. Creo que es menos *azul*.

Miré las copas de los árboles que surcaban nuestra calle.

—Por favor, mira la banqueta cuando andes en esa cosa —me advirtió.

—Y no hay musgo español —dije—. Tampoco *love-bugs*.

—No voy a extrañar tener que quitar esos insectos del auto —dijo mamá, estremeciéndose—. Para ser honesta, ¡ni siquiera voy a extrañar tener auto!

—Yo los extrañaré —dije, aunque ni siquiera había

pensado dos veces en esos insectos cuando estábamos en casa.

—Malú, estamos en Chicago —dijo mamá—. Estás actuando como si nos hubiéramos mudado a otro planeta.

—Yo siento que estoy en otro planeta —dije, pisando más duro contra la banqueta para ganar velocidad—. Solo estoy esperando que aparezcan los monos con alas.

Mamá se rio mientras me adelantaba con la patineta.

GAPÍTULO 4

mi mamá pasó toda la semana arrastrándome por la ciudad. Nos subimos a los trenes "L", que cruzan todo Chicago. Fuimos al lago Michigan, que estaba helado para ser septiembre, y no era salado como el océano Atlántico. Vimos a Sue, el tiranosaurio del Museo Field, y el cuadro de Seurat en el Instituto de Arte, el de la gente en el parque, que está pintado con puntitos. Visitamos la biblioteca pública más grande que había visto en mi vida, y sacamos una nueva credencial y una pila de libros. Comimos bollos de huevo y tomamos té en una panadería de Chinatown. Y casi acabamos en un juego de los White Sox antes de que mi mamá entrara en razón y recordara que ni siquiera le gustaba el béisbol.

Entonces, un día, mientras buscábamos una librería

que mi mamá quería visitar, vi Laurie's Planet of Sound. Lucía todavía más increíble de lo que papá había dicho. Pensé decirle a mamá que quería entrar, pero no lo hice. Solo la idea de estar en la tienda de discos de otra persona me era rara. Además, imaginé que a mamá no le interesaría. De todas maneras, vio la librería antes de que yo pudiera decir nada.

El domingo por la mañana lo único que quería hacer, además de volver a casa, era quedarme sola con mi música, mi material para hacer un zine y mi rechazo a la escuela que ya iba a comenzar. Supermexicana, por supuesto, no estuvo de acuerdo.

—Salgamos a desayunar —dijo mamá—. El otro día vi una cafetería muy linda de camino al tren.

—No, gracias. Solo comeré un poco de cereal.

—Anda —dijo, jalando mi edredón—. Es nuestro último día antes de que empiece la escuela. Desayunemos algo rico juntas, como en los viejos tiempos. ¿Sí?

Jalé la cobija para taparme otra vez.

—Llevaré trabajo —ofreció mamá—. Ni siquiera tendrás que hablar conmigo.

—¿Lo prometes?

—Solo bromeaba —dijo—. Vamos.

Grrr.

—Y, por favor, ¿puedes ponerte una playera limpia? Has estado usando la misma durante días.

Olí mi playera.

—A mí me huele bien.

La cafetería tenía un toldo rojo brillante que decía CAFÉ CALACA. El ventanal estaba decorado con cráneos de colores, cempasúchiles y esqueletos que bailaban. Tenía que admitirlo, mamá tenía razón, se veía genial.

En el interior nos recibió un esqueleto de papel maché de tamaño real que se parecía a Frida Kahlo con su uniceja. En los brazos huesudos tenía cargado un esqueleto de mono. Esa era la mascota de Frida, Fulang-Chang. Frida era una de mis pintoras favoritas, no solo porque casi me ponen su nombre. Me gustaba que hubiera pintado sobre ella y sobre su vida, y que fuera tan extrovertida. ¡Era muy punk! Cerca de Frida había una repisa atestada de libros. Me encantaba el lugar.

Unos escalones llevaban hacia un ático donde había asientos en el piso, cojines de varios colores, patrones y tamaños alrededor de unas cuantas mesas bajas. Una mujer con un mechón de color rosa brillante que surcaba su cabello oscuro estaba limpiando una mesa. Tenía las mangas del vestido enrolladas hasta los codos, revelando coloridos tatuajes en ambos brazos. No podía dejar de mirarla.

—¿Podemos sentarnos ahí arriba, mamá?

Puse un pie en el primer escalón y mi mamá me miró como si fuera a decir no, pero la mujer tatuada nos vio antes.

—Pueden sentarse donde gusten —dijo—. Les traeré menús en un minuto, ¿de acuerdo?

Mi mamá le sonrió en respuesta y subimos al ático.

—Voy a echar un vistazo —dije.

—Adelante.

Mi mamá sacó su agenda del bolso. Deslicé mi patineta debajo de la mesa y me fui hacia la barra.

La vitrina debajo del mostrador estaba llena de pan dulce mexicano, que yo recordaba haber comido cuando visitamos a mis abuelos. Cada charola tenía un letrerito en español y en inglés indicando los nombres de los diferentes tipos de pan. Había conchas, bigotes, orejas, cerditos, cada uno con el nombre de lo que representaban. Mi favorito siempre había sido la concha, porque tenía secciones con un glaseado dulce de colores por encima que me gustaba arrancar para comérmelo aparte.

Las paredes detrás del mostrador estaban decoradas con máscaras de madera que representaban animales, soles, lunas y esqueletos de hojalata. Había muchos esqueletos.

Luego vi algo familiar: fundas de discos de cartón decorando una pared. Me emocioné cuando vi algunas bandas que parecían del punk de los ochenta, revueltas con cantantes de *rock & roll* de los cincuenta, con sus peinados pompadour, y con cantantes mexicanos que tenían grandes bigotes y sombreros todavía más grandes. Me acerqué a ver las portadas de los discos. Reconocí a algunos que mi mamá escuchaba a veces.

Cuando regresé a nuestra mesa, mi mamá estaba hablando con la mujer que nos recibió.

—Ana, esta es mi hija, María Luisa —dijo.

Me dejé caer sobre un almohadón de terciopelo naranja y rojo.

—Malú —dije—. Hola.

Intenté no mirar su mechón rosa y sus tatuajes. Parecía mexicana, pero nunca había visto a otra punk mexicana.

—La señora Hidalgo es la dueña del café —dijo mamá—. ¿Y qué crees? Es la hija de la señora Oralia. ¿Recuerdas, de nuestro edificio?

—Qué chiquito es el mundo, ¿verdad? Yo crecí en ese edificio —dijo la señora Hidalgo—. Tu mamá me dice que vas a la secundaria JGP.

La miré confundida.

—Así la llamamos a veces, JGP, por José Guadalupe Posada, o simplemente Posada.

—Ah —dije—. Ya veo.

—Mi hijo también está en séptimo grado —continuó—. Hoy no vino, pero tienes que conocerlo. Pregunta por José Hidalgo. No hay pierde.

Me guiñó un ojo y sacó una libreta del delantal. Asentí, aunque no me imaginaba preguntando por alguien que no conocía.

—Ahora déjenme tomarles la orden para que puedan comer, señoritas. Espero que les guste la comida vegetariana.

—Es magnífica —dije.

—Les recomiendo mucho los tacos de Soyrizo para desayunar —dijo la señora Hidalgo—. Lo preparamos en casa.

—¿Tienen cilantro? —pregunté con sospecha.

—Nada de cilantro —dijo la señora Hidalgo—. Podemos echarle un poco encima si gustas.

Mi mamá se rio.

—Creo que mejor no.

—Entendido —dijo la señora Hidalgo, asintiendo.

Sentí que se me ponía la cara roja, y deseé que la

señora Hidalgo no pensara que yo era rara porque no quería cilantro.

—Y un café, por favor —dije.

—Yo también quiero café —dijo mamá, cerrando su menú—. Y el yogurt con granola. Gracias.

La señora Hidalgo apuntó nuestra orden y guardó el lápiz en el bolsillo del delantal.

—No duden en decirme si necesitan algo, Magaly —dijo.

Mi mamá sonrió y le dio las gracias. Una vez que se alejó, mi mamá negó con la cabeza.

—Mexicanos vegetarianos —dijo—. Nunca lo entenderé.

—No seas tan cerrada, mamá —dije.

—Buen punto. —Bebió un sorbo de agua—. Es genial, ¿no? Hemos conocido buenas personas. ¿Quizá encuentres incluso un amigo en la escuela?

Me dejé caer contra la pared y empecé a levantar mi barniz de uñas negro.

—Deberías buscar a José —dijo mamá—. Sería bueno que tuvieras a alguien con quien conversar.

—Gracias por tu preocupación —dije—. ¿Crees que podrías dejar de presentarme como María Luisa?

—Es tu nombre, ¿no?

—Sabes a qué me refiero, mamá —dije—. Ya es lo suficientemente malo tener que estar aquí como para que la gente también me llame María Luisa.

—Malú, no puedo imaginar que se sienta bien estar enojada o molesta por todo, todo el tiempo —dijo mamá.

—¿Cómo te sentirías en mi lugar, si te mudaran a mil millas de tu hogar? Y en contra de tu voluntad.

—Chicago no está a mil millas de Gainesville —contestó.

—Tienes razón. Lo investigué —dije—. Está a mil cincuenta millas de distancia. Prácticamente al otro lado del mundo.

—Ay Malú, eres tan dramática.

Un joven se detuvo ante nuestra mesa y colocó una taza delante de cada una. Acerqué el café caliente a mi boca y tomé un sorbo con cuidado. Sabía a tierra y a dulce, como canela y piloncillo. La última vez que visité a mi abuela, tenía un gran cono de piloncillo que rompíamos en trocitos para endulzar el café.

—En serio —dije—. Si fuera marinero en tiempos de Colón, tendría miedo de caerme al abismo y que me comiera una serpiente gigante.

—Para tu información, Colón sabía que el mundo era redondo —dijo mamá—. Solo que creía que era más pequeño de lo que realmente es.

Le di la mirada más gélida que pude. Tenía el hábito de convertirlo todo en una oportunidad para aprender.

Nuestra comida llegó y, por si acaso, inspeccioné mi Soyrizo en busca de cilantro, mi archienemigo culinario.

—¿Todo bien? —preguntó mamá.

Asentí y comí un bocado.

—Dice mucho que me hayan ofrecido una beca como profesora invitada —dijo mamá—. Y como no es para siempre, aprovechemos de la mejor manera posible el tiempo que estaremos aquí.

—Lo dices como si fuera fácil —contesté.

Mamá cerró los ojos y respiró hondo antes de abrirlos otra vez.

—Puedo asegurarte que estar enojada por eso solo va a hacer que te sea más duro —dijo—. Date una oportunidad, Malú. Quizá te guste Chicago.

—¿Qué tiene de atractivo mudarse a un lugar extraño? —dije—. No conozco a nadie aquí.

—Tendrás amigos y harás cosas aquí como lo hacías en casa.

Por supuesto. ¿No es eso lo que se supone que deben decir los adultos?

—Encontrarás la manera —dijo mamá—. Espero que al menos lo intentes, por tu propio bien y por mi salud mental. No más pucheros, ¿sí?

Mamá le dio un ligero tirón a mi trenza. A veces me preguntaba si se acordaba de cómo era ser niño.

—¿Qué tal está tu chorizo?

—Es *Soyrizo* —dije—. No tiene carne de animales. Delicioso.

Mi mamá cerró los ojos y respiró hondo otra vez, pero esta vez en su boca se asomó una sonrisa.

~

Esa noche intenté no pensar en que la escuela empezaría al día siguiente. No era fácil, sobre todo porque mi teléfono había sonado con un mensaje de papá deseándome suerte. Decidí distraerme dibujando.

Saqué de mi maleta la cajita amarilla con las muñecas quitapenas y las puse sobre el escritorio. "Preocuparte por algo no es punk, Malú", me dije. Pero tomé una hoja de papel y escribí mis preocupaciones de todas maneras.

Cuando terminé, junté las muñecas y me metí debajo del horrible edredón con estampado de flores. Realmente no creía que esas seis figuritas de palo tuvieran poderes mágicos que me quitaran la preocupación, pero levanté la almohada y las acomodé en fila. Apagué la luz y me acosté. Luego enterré la cara en la almohada para que mamá no me escuchara llorar.

Ir a una nueva escuela,
donde no conozco a nadie ni
sé dónde están las cosas.

¿Y si nunca me
gusta Chicago?

No ver a papá.
¿Me olvidará con el tiempo?

¿Preocupada yo?

Que mi mamá no me
deje ser yo misma.
Pero eso no es nuevo.

¿Y si a nadie en la escuela le
gusta la misma música que
a mí? ¿Y si nunca encuentro
a mi gente?

Nunca volver a casa.
¿Y si mamá decide quedarse
para siempre?

CAPíTULO 5

Cuando sonó la alarma, al día siguiente, me escondí debajo del edredón. Sentía los ojos secos, de llorar. Me ardían como cuando pasaba todo el día en la playa y les había entrado demasiada agua salada.

Mamá tocó a la puerta y asomó la cabeza.

—Tal vez no tengamos mucho en el refrigerador, pero tenemos café —dijo, sosteniendo triunfante una bolsa de granos del Calaca—. ¿Quieres?

—Necesito —dije, mirándola entre las cobijas.

—Iré de compras hoy —dijo mamá—. Podemos comprar algo para desayunar de camino a la escuela.

—¿Puedo caminar sola a la escuela?

—¿Caminar sola? De ninguna manera —dijo mamá.

—Por favor —dije—. No me voy a perder.

—Lo sé, pero es tu primer día. Quiero acompañarte.

—Está bien, como quieras. —Pateé el pesado edredón, que cayó al suelo.

—Genial, yo también estoy emocionada —dijo mamá—. Café en diez minutos.

Puse los ojos en blanco y me arrastré fuera de la cama.

Saqué cosas de una bolsa hasta que di con mis *jeans* verdes. Me puse mi playera favorita de Blondie y mis Chuck Taylor de lentejuelas plateadas. Papá me había regalado esos tenis el año anterior, cuando leí *El mago de Oz*. En la película, Dorothy usa zapatillas rojas, pero en el libro lleva unas zapatillas plateadas que le quita a la Bruja Mala del Este cuando le cae la casa encima y la mata. Al final de la historia, Dorothy se entera de que podía pedirles a los zapatos que la llevaran de regreso a casa, en Kansas. Yo había estado usando los míos durante esa semana, pero parecía que habían perdido la magia porque, sin importar cuántas veces cerré los ojos y golpeé con los talones, seguía en Chicago sin volver a casa.

Uno de ellos tenía un hoyo en la suela gastada, pero pensé que no era nada que un poco de cinta adhesiva no pudiera arreglar. Tomé el rollo y la parché, estirando la cinta desde abajo hasta los costados.

En el baño, vi mi reflejo en el espejo e hice una mueca al recordar una de las bromas favoritas de mi papá.

—Sacaste lo mexicano de tu mamá y lo punk de mí —decía.

Tenía lo mexicano, seguro: piel morena y cabello castaño grueso, más claro que el de mamá, pero más oscuro que el de papá, y por lo general me peinaba con dos trenzas. También tenía los ojos oscuros de mi mamá. Pero mi parte punk, en cambio, escaseaba terriblemente.

Me lavé la cara y trencé mi cabello como lo hacía todos los días. Entonces vi la bolsa de maquillaje de mi mamá en el mueble del baño y se me ocurrió una idea. Hurgué en ella hasta que encontré un delineador de ojos negro. Le quité el tapón y entrecerré los ojos, insegura de por dónde comenzar. Luego lo coloqué suavemente en la parte interior de uno de mis ojos y me delineé el párpado. Me imaginé que estaba dibujando dentro de las líneas de un libro para colorear, pero el lápiz era grasoso y suave, y un ojo no se parece en nada a la superficie plana del papel.

Me temblaba la mano mientras movía el lápiz. Hice lo mejor que pude para no picarme un ojo. No hay nada punk en una lesión ocular. A menos que suceda en un pogo, por supuesto.

Mientras dibujaba lo que esperaba que se viera como las puntas de unas alas, pensé en la cantante con los ojos oscuros y dramáticos de la portada del disco en Spins & Needles. Ese era el estilo que buscaba. Encontré la sombra negra nacarada que mi mamá había usado el Halloween anterior y me puse un poco en cada párpado. Para terminar, me pinté los labios con el lápiz labial más oscuro que encontré.

Al terminar, los ojos de gato me habían quedado torcidos y sentía los párpados pegajosos y pesados, pero definitivamente me veía un poco más punk.

—Café servido —gritó mamá desde la cocina.

—Voy —dije mientras guardaba las cosas en la bolsa de maquillaje.

Fui a la cocina y vi a mamá recargada sobre la barra, escribiendo la lista del supermercado. Cuando tomé la taza de café que me había dejado en la mesa, noté que mis dedos estaban cubiertos de sombra de ojos y delineador. Me los limpié en mis *jeans*.

—¿Lista? —preguntó.

Mamá levantó la mirada, pluma en mano, y se quedó viéndome durante unos segundos.

—Ahhh, no —dijo, negando con la cabeza—. Para nada.

—¿Qué pasa, mamá? —pregunté, como si no hubiera nada fuera de lo normal.

—Lo que pasa es que no vas a ir *así* a la escuela.

—¿Qué tiene de malo?

Mamá me miró seria.

—¿Realmente necesitas que te lo explique? —preguntó—. Tienes doce años, para empezar.

—Casi trece —dije.

—Semántica. Tienes doce, señorita.

—Por favor, mamá —dije—. Por favooor.

—Es tu primer día en la escuela —dijo—. ¿Esa es realmente la impresión que quieres dar frente a personas que no saben nada de ti?

—Solo es maquillaje.

—Si quieres maquillarte, yo te puedo enseñar cómo hacerlo adecuadamente —dijo—. Como una señorita.

Pensé en la cantante de la portada del disco y me pregunté quién le habría enseñado a maquillarse.

—Yo creo que se ve genial —dije—. Quería verme diferente.

—En ese caso, es todo un éxito. Te ves como Nosferatu.

—¿Quién es Nosferatu?

—Un vampiro espeluznante —dijo—. Investígalo.

—Eres tan mala —dije.

Mi mamá bajó la mirada hacia mi *jean* roto y mis tenis gastados, con la cinta.

—Cuando tenía tu edad ni siquiera podía comprar ropa nueva —dijo—. No entiendo. Pareces una huerfanita.

—¿Qué?

—Sí, una huerfanita —repitió mamá.

—No me veo como una huérfana —dije, imaginando a Oliver Twist pidiendo más avena.

Mi mamá intentó meter un dedo por uno de los hoyos en el costado de mi *jean*. Salté fuera de su alcance.

—¡Mamá!

Se me quedó mirando con el entrecejo fruncido.

—¿Por favor? —dije—. Déjame hacerlo una vez.

—Y nunca me pedirás otra cosa, ¿no?

—Exactamente —dije.

Mamá me miró durante unos segundos incómodamente largos.

—No creo que a los de séptimo año les permitan ir así a la escuela —dijo—. Pero va a tomar demasiado tiempo quitarte todo eso.

Podía ver en su cara que no le gustaba la idea, pero no pude evitar sonreír.

—¿Eso es un sí? —pregunté.

—No es un sí —dijo mamá—. Es un "anda, aprende a la mala", Malú.

—¡Sí! —grité.

—Si recibo una llamada de la escuela porque tu maquillaje es un distractor, se acaba esa tontería —dijo, señalándome con un dedo—. ¿Me escuchaste?

—¿Por qué sería un distractor? —pregunté, batiendo mis pesadas pestañas.

Mi mamá suspiró y metió la lista en su bolso.

No podía creer que en realidad me dejara ir a la escuela usando maquillaje.

—Vámonos, criatura de la noche —dijo, negando con la cabeza.

CAPÍTULO 6

Encontrar el salón fue fácil. Entrar fue un poco más difícil. Me quedé parada un rato, mirando mi horario y el número junto a la puerta. Definitivamente era el salón correcto, y no podía evitarlo para siempre. En cuanto crucé la puerta, sentí todas las miradas sobre mí.

—Es muy pronto para Halloween —dijo alguien.

Algunos de los niños que estaban sentados en la parte de atrás del salón soltaron una carcajada.

La señorita Hernández, nuestra maestra titular según decía mi horario, se me quedó viendo durante unos segundos antes de invitarme a pasar.

—Sí —dijo, buscando algo en su escritorio—. Necesitaré hablar contigo después, pero adelante, siéntate mientras paso lista.

Mi estómago estaba enrollado como un *pretzel*. ¿Por

qué necesitaba hablar conmigo? "Ojalá que no sea por el maquillaje", pensé. Escaneé el salón y me fui directo al primer asiento vacío que vi. No acababa de acomodarme en la silla cuando la niña de al lado me habló.

—Eres nueva, ¿verdad? —preguntó, masticando el collar de dulce que traía.

—Eh, sí —dije.

—¿Qué onda con tu maquillaje?

Sentí lo mismo que cuando mi mamá empezaba a hablar de mi ropa, como si necesitara prepararme para la guerra. Sabía que la niña, además de tener curiosidad, me estaba juzgando.

—¿Qué onda con el tuyo? —pregunté.

Se me salieron las palabras antes de que pudiera darme cuenta de que no solo era una respuesta grosera, sino inútil, ya que ella parecía no usar más que brillo labial.

—¿María Luisa O'Neill-Morales? —gritó la señorita Hernández, buscándome por el salón.

Me estremecí al oír mi nombre y levanté la mano.

—Señorita Hernández —dije—, puede llamarme Malú.

Asintió y marcó algo en su lista de asistencia.

—¿Qué clase de nombre es ese? —preguntó la niña—. Es raro.

Lo dijo lo suficientemente fuerte como para que lo escucharan a nuestro alrededor. Lo dijo como si mi nombre tuviera algo de malo. Como si algo estuviera mal conmigo.

—Querrás decir *inusual*, ¿no? —dijo la niña que se sentaba delante de ella, y se rio. También traía un collar de dulce.

—Lo siento, sí, a eso me refería —dijo—. ¿Qué eres?
No eres mexicana, ¿o sí?

¿Qué eres? Estaba acostumbrada a esa pregunta en
muchas de sus variantes, sobre todo cuando la gente
escuchaba mi nombre. No siempre estaba segura de
cómo responder. A veces parecía más fácil explicar lo
que mi mamá llamaba mi gráfica de pastel, soltar que
era mitad mexicana, mitad "llena el espacio en blanco
con los nombres de un montón de países europeos".
Pero no creía que a esa niña le pudiera interesar mucho
mi gráfica.

Me miró y esperó, retándome a decir algo. Tenía la
sensación de que, dijera lo que dijera, no le iba a gustar.

—Soy mitad mexicana —dije.

—Mitad mexicana, ¿eh? Ufff.

Hizo un ruido similar a cuando se escapa el gas de
una lata de soda. Me miró de la cabeza a los pies y luego
se volteó hacia su amiga, moviendo los largos rizos. Parecían gemelas. Ambas tenían el cabello largo, oscuro y
brillante, y les llegaba hasta la espalda, con flecos alisa-
dos y peinados con fijador.

Saqué el cuaderno de la mochila y escribí algunas
ideas para un zine. Intenté imaginarme dentro de una
burbuja capaz de protegerme de ese nuevo lugar y de
esa niña. Una burbuja como aquella en que viajaba
Glinda, la Bruja Buena.

—Selena Ramírez —gritó la señorita Hernández.

La niña que me había estado hablando levantó la
mano sin dejar de ver a su amiga. Se acercaron más y se
empezaron a reír. Sabía de qué se estaban riendo por-

que, de vez en cuando, la otra niña, que respondió al nombre de Diana en la lista, me miraba.

—Malú, ¿puedes venir, por favor? —preguntó la señorita Hernández, reventando mi burbuja.

Salí de mi silla y escuché que Selena y Diana murmuraban *ooooohhh* cuando pasaba.

Cuando llegué a su escritorio, la señorita Hernández estaba hojeando un libro delgado, engargolado. En la portada tenía impreso *Código de Conducta Estudiantil de la Escuela Secundaria José Guadalupe Posada*.

—Puedo estar equivocada, Malú, pero de acuerdo con esto tu maquillaje viola el código de vestimenta —dijo, poniendo el manual sobre la mesa—. Tendrás que ir al auditorio.

—¿Estoy en problemas? —pregunté. Los punks no se preocupan por meterse en problemas, pero esta punk tendría que responder ante su madre.

—No, por supuesto que no. Es solo el primer día de escuela —dijo la señorita Hernández—. Pero la directora Rivera quiere que todos tengan muy claro el código de vestimenta. —Me entregó una copia del manual.

—Recoge tus cosas y ve —dijo—. Está al final del pasillo.

Asentí y regresé a mi banca. Podía sentir la mirada de Selena cuando guardaba el cuaderno y el libro de conducta en mi mochila.

—Bienvenida a Posada, María Luisa —susurró antes de soltar una risita junto con Diana.

La HISTORIA

DE UN

NOMBRE

(¡i mi nombre!)

¿Quién le pone a su hija

← (con tilde)

MARÍA LUISA?

mamá dice que es 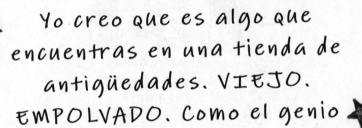 ÚNICO

Yo creo que es algo que encuentras en una tienda de antigüedades. VIEJO. EMPOLVADO. Como el genio en una botella.

¡Sáquenme de aquí!

Solo que no concede deseos.

No vieja.

Solo un poco empolvada.

Definitivamente no concede deseos.

Autorretrato con una playera genial.

Papá quería que mi nombre fuera **P**unk.

Mamá quería algo **T**radicional.

No se pudieron poner de acuerdo.

(Qué sorpresa.)

Entonces, una noche vieron una película sobre una pintora famosa y lo acordaron.

mexicana

tradicional

¡Buena elección!

punk

artística

FRIDA!

Pero unos cuantos días después, mientras leía un libro sobre Frida Kahlo, mi mamá se encontró con...

María Luisa

Alias
María Luisa Block
Alias

Malú

No se sabe mucho de ella, excepto que también era pintora, pero está en una foto con Frida y su esposo, Diego Rivera. Malú está casi fuera de la toma.

Como si no fuera el centro de atención. Mi mamá dice que Frida es tan famosa, que probablemente hay muchas "Fridas" en el mundo, ¿y quién quiere ser una "Frida" más?

mi mamá me presenta como María Luisa para que no olvide quién soy. Un fuerte nombre mexicano para una fuerte niña mexicana.

Pero para mí, María Luisa se siente como:

(La gráfica de ensueño de mi mamá)

mexicana

dulce

limpia

como señorita

Interesada en cosas que le gustan a mamá

fuera de la toma

nada punk

¡escalofríos!

¿NORMAL?

Pero yo me siento así:

(<u>mi</u> gráfica de pastel) →

- dentro de la toma (¡como Frida!)
- punk
- música
- no interesada en esto de las señoritas
- rara
- creadora de zines
- norteamericana

Es como si la María Luisa de mi mamá y mi Malú fueran dos personas distintas.

¿QUÉ

PASTEL!

CAPítuLO 7

Todos siéntense adelante, por favor —gritó un hombre desde el escenario.

Era bajo y delgado, con lentes y una barba que igualaba el poco cabello que tenía en la cabeza. Movía las manos con premura, llamándonos hacia el frente.

Miré a los demás niños que habían sido enviados allí por sus maestros y me pregunté por qué. Uno llevaba una playera con un personaje de caricatura mostrando el trasero. Otro traía pantalones ajustados apenas arriba de las rodillas. En algunos casos la violación era más difícil de adivinar, pero todos éramos una horda de transgresores del código de vestimenta, y el hombre en el escenario nos quería meter en cintura.

Un niño con el cabello azul se sentó delante de mí. Su cabello se veía punk, pero nada más. Me recordó a alguien salido de un libro de Beverly Cleary, con su camisa a cuadros de mangas cortas, sus *jeans* con el bajo enrollado y Converse de bota. Como un Henry Huggins moreno y con cabello azul.

El hombre bajó del escenario y nos entregó copias del código de conducta del estudiante.

—Soy el señor Jackson, consejero aquí en Posada —dijo—. Y *ustedes* tienen la suerte de haber sido elegidos para una explicación personal del código de vestimenta de la escuela. Quiero que se tomen unos minutos para leer la lista de la página dos.

Abrí la copia que me había dado la señorita Hernández y leí. No se podían usar mallas en lugar de pantalones. Ni pantalones de pijama. Ni ropa con estampado o lenguaje inapropiado. Ni camisetas cortas o de tirantes finos. Ni sandalias o pantuflas. También estaban prohibidas las alteraciones físicas potencialmente perturbadoras, incluyendo un color de cabello que no fuera natural, el maquillaje y las perforaciones, sin que se limitara a esas. Y los pantalones por debajo de la cintura. Las faldas y los shorts debían pasar "la prueba de la punta de los dedos". La lista seguía.

El señor Jackson repartió una hoja de papel.

—Esta es una carta dirigida a sus padres o tutores —dijo—. Por favor, anoten cómo han violado el código de vestimenta. Mañana deben traerla firmada.

—Esto es ridículo —murmuró alguien.

—Y también injusto —añadió el niño del cabello azul—. ¿Sabe cuánto tiempo me tomó lograr este tono de pelo? Todo el verano, señor Jackson. El pelo mexicano no es fácil de teñir.

Todos se rieron.

—¿En qué se parece mi top corto a los ojos de mapache de ella? —preguntó una niña, señalándome.

El niño del cabello azul se volteó y me miró a los ojos.

—Radical, amiga —dijo en tono bromista antes de volverse—. Señor Jackson, mi pelo demuestra mi espíritu escolar. Pensé que sería apreciado.

El señor Jackson sonrió.

—Ya lo veo —dijo—. Pero esas son las reglas, chicos. ¿No les gustan? Busquen una manera constructiva de expresarse.

Imaginé la mirada de "te lo dije" de mi mamá mientras escribía mi violación al código de vestimenta: alteración física perturbadora. Entre paréntesis escribí *maquillaje radical*.

El señor Jackson pasó el resto del tiempo que estuvimos en el auditorio intentando encontrar la forma de que arregláramos nuestra violación al código de vestimenta ese mismo día. Mandó al niño con la playera del personaje de caricatura al baño para que se la pusiera al revés. A la niña con el top corto le dieron una playera del DEPARTAMENTO DE EDUCACIÓN FÍSICA POSADA para que se la pusiera. Al niño con el cabello azul le dijeron que volviera al día siguiente con "un tono de cabello normal".

—Y ¿qué es "normal"? —me preguntó, mientras guardaba la carta en el bolsillo de atrás de su *jean* y se iba a clase.

Uno por uno fueron saliendo.

—Caray —dijo el señor Jackson, deteniéndose frente a mí—. ¿Y aquí qué pasó?

—Es punk —dije encogiendo los hombros.

—Bueno —dijo el señor Jackson—, vas a tener que ser punk de otra manera, jovencita. Pídele a la enfermera una toalla y ve qué tanto te puedes quitar.

Me entregó un pase y se dirigió al siguiente niño. Me fui en busca de la enfermería, sintiéndome nada punk.

CAPÍTULO 8

En el almuerzo, tomé una charola de plástico naranja y me quedé viendo las escalfetas llenas de comida sin saber qué pedir.

—Rico, ¿verdad? —dijo un niño alto de cabello largo que estaba delante de mí, y sonrió mientras una señora servía en su charola una cucharada de algo amarillo que se veía como crema de maíz.

Miré de nuevo la comida que estaba del otro lado de la división de plástico.

—Ni siquiera puedo decidir. Todo se ve muy bien —dije.

—Yo tengo un sistema —dijo—. Elijo mis plastas de comida por el color. Nada neutro. Solo cosas llamativas.

—¿Funciona?

—No realmente —dijo—. Todo es terrible.

El niño levantó el estuche de instrumento de música que había dejado en el suelo y avanzó en la fila.

—Fantástico —dije.

Pero seguí su consejo. Evité las plastas de color café, que tenían carne, y elegí una plasta verde, una anaranjada y una roja.

La cafetería era un lugar ruidoso, con niños riendo y hablando, a veces en inglés, a veces en español y a veces en una combinación que iba y venía de un idioma a otro. Era extraño escuchar tanto español. Casi no lo oía en casa, a menos que mi mamá estuviera hablando o escuchando algo en español.

Encontré un lugar donde sentarme sola, cerca de la entrada, para tener un escape seguro si lo necesitaba. Es un hecho conocido que detrás de un libro siempre es un buen lugar para esconderse y observar a la gente, así que saqué *Los rebeldes*, el libro que habían asignado en la clase de Literatura. Desde mi escondite me dediqué a observar, buscando un lugar donde pudiera encajar. ¿Dónde estaba mi gente?

Vi al niño de la fila sentado en una mesa con otros niños que también tenían estuches de instrumentos de música. El del cabello azul que había visto en el auditorio en la mañana estaba en otra mesa.

Cerca, Selena se sentó con Diana y un grupo más grande. Las miré como una antropóloga. Antropología era mi segunda elección de carrera, después de músico en una banda de punk, así que estudié a Selena y a sus amigos como si fueran una cultura recién descubierta.

Los niños llevaban *jeans* amplios, tenis de basquetbol gruesos y playeras inmensas. Las niñas usaban atuendos similares, con *jeans* pegaditos y playeras que decían LINDA y N-SERIO. Al igual que Selena, todas tenían collares de dulces. Debería haber algo en el código de vestimenta sobre los accesorios de caramelo y las palabras mal escritas en la ropa.

Selena miró en mi dirección y yo me deslicé un poco en el asiento, deseando que no me hubiera visto. Desafortunadamente, sí me vio. Se levantó y se acercó, rodeada de una nube de perfume con olor a vainilla. Se quedó ahí parada, como esperando que la invitara a sentarse, pero yo no quité los ojos de mi libro aunque no podía enfocar nada. Selena no se iba.

—Oye, María Luisa —dijo, finalmente, sentándose junto a mí.

—Es Malú —dije.

—Y entonces, ¿tuviste problemas en la mañana?

—No —dije—. ¿Decepcionada?

Metió el pulgar bajo el elástico de su collar de dulces, jalando un aro rosa. Se lo llevó a la boca y lo mordió. El círculo se rompió y un pedacito rosa saltó y cayó en mi charola.

—Mira, no vengo a molestarte —dijo con una sonrisa maliciosa que implicaba lo contrario.

Mi papá decía que ser punk significaba tener la mente abierta, y eso incluía darle a la gente el beneficio de la duda, pero yo no estaba convencida de que Selena intentara ser amable.

—¿De dónde vienes? —preguntó.

—Florida.

—Florida, ¿eh? ¿Has ido a Disney?

Negué con la cabeza.

—Yo he ido dos veces —dijo—. Con mi escuela de baile.

Es posible que ese fuera uno de esos momentos en los que tener amigos fuera útil. Me sentía como una nación de un habitante en la cafetería, sin nadie que me ayudara a defender mi territorio.

—Sé que probablemente es difícil ser nueva, así que pensé que necesitarías un poco de ayuda —continuó Selena, llegando finalmente al punto de su visita.

—¿Qué clase de ayuda? —pregunté, mordiendo el anzuelo.

—Ya sabes, alguien que te enseñe cómo son las cosas por aquí —dijo—. Confía en mí, fue bueno que te lavaras el maquillaje. Solo un coco haría algo así.

—¿Un coco? —pregunté.

—Claro, no sabes qué es —dijo Selena—. Olvídalo.

Hizo una mueca cuando vio el agujero en mi *jean*.

—El punto es, intenta no ser rara. Si puedes.

Dijo la palabra *rara* como si fuera una terrible enfermedad que era mejor no contraer. Empecé a sentir que me ardían las orejas, como cuando me enojo.

—Solo quiero leer mi libro, ¿sí? —dije, esperando que perdiera el interés y se fuera.

—¿Ves a esos tipos de ahí? Preguntó, sin captar mi indirecta—. ¿Por qué crees que se sientan solos?

Señaló hacia donde estaba el niño del cabello azul junto con otro. Pero no se veían solos.

—Bichos raros —murmuró—. No quieres terminar en esa mesa.

Miré la mesa donde estaban sus amigos, viendo hacia nosotras.

—Creo que preferiría estar en esa mesa que en la tuya —dije.

—¿Así es como tratas a quien intenta ser tu amiga? —Selena pretendió estar herida—. Escucha, conozco a una rara cuando la veo. Estoy intentando salvarte de ti misma, María Luisa.

—¿Podrías solo volver a tu mesa y dejarme sola?

—Está bien —dijo Selena, levantándose—. Dime si cambias de opinión. ¿Eso es cinta adhesiva? —agregó mirando mis tenis.

Miré la cinta que se asomaba por los costados de mis tenis.

—Vaya —dijo—. Realmente necesitas ayuda.

Hizo una mueca de asco y se fue, haciéndome sentir realmente poca cosa. Como un pedazo de cinta pegado en la suela del zapato de alguien.

CAPÍTULO 9

En cuanto abrí la puerta de la casa, deseé que hubiera habido una entrada secreta que me permitiera llegar hasta mi cuarto sin tener que enfrentar a mi mamá.

—Estoy en la cocina —gritó—. Ven, quiero escuchar todo sobre tu primer día.

Arrastré los pies hasta la cocina, donde mi mamá estaba terminando de pintar una de las paredes de anaranjado brillante. Llevaba puesta su ropa "para trabajar en casa": overol y una playera vieja de MEChA.

—¿Te gusta? No voy a pintar toda la casa, pero pensé que necesitaba un poco de color.

—Es lindo —dije, pensando que no habría pintura suficiente que me hiciera apreciar el lugar.

—Hablando de color —dijo—. ¿Qué le pasó a tu maquillaje?

Lo preguntó como si ya supiera lo que había pasado, pero quisiera oírmelo decir.

—Ajá, sobre eso... —dije, buscando en la mochila—. Toma.

Mamá tomó la hoja y arrugó el entrecejo cuando la leyó.

—¿Qué te dije? Tu primer día y ya tienes una falta.

—No es una falta, mamá —dije—. Es una advertencia. De todas maneras, por lo menos no estaba mostrando la ropa interior, como otro niño que estaba ahí.

—Pluma —dijo mamá, extendiendo la mano—. Intentemos menos punk *rock* y más señorita de ahora en adelante.

—¿No puedo ser ambas? —pregunté.

Me dio su mirada de "no estoy bromeando" y me entregó la hoja firmada.

—No me hagas buscar entre tu ropa y tirar todos los pantalones y zapatos con agujeros —amenazó.

—Está bien —dije—. Voy a llamar a papá. Le prometí que lo llamaría en cuanto llegara a casa.

—Espera, ¿hiciste algún amigo? —preguntó. Sonaba esperanzada. A veces me pregunto si mi mamá me conoce en lo absoluto.

—No realmente.

—¿No realmente no? ¿O no realmente sí, pero no me quieres contar?

—No en realidad, no realmente —dije.

—¿Y José? ¿Lo encontraste?

—Estaba demasiado ocupada sobreviviendo, mamá.

—De acuerdo, no me cuentes —dijo mamá, volviéndose hacia la pared pintada.

Sabía que no se iba a dar por vencida tan fácilmente. Abrí el refrigerador y tomé un palito de queso.

—Estuve leyendo un poco sobre el personaje de quien toma su nombre tu escuela —dijo mamá—. ¿Aprendiste algo sobre José Guadalupe Posada?

—Solo que se vestía muy bien —dije—. También supongo que era un hombre muy serio.

—¿De qué estás hablando?

—Hay un retrato suyo en el pasillo, cerca de la dirección —dije, y mordí mi palito de queso.

—Qué graciosa —dijo mamá—. Tal vez te interese saber que era conocido por sus caricaturas políticas.

—¿Caricaturas? Genial.

—Y sus calaveras —continuó mamá.

—¿Calaveras? —pregunté.

—Sí, cráneos o esqueletos —explicó—. Como los que están en el Calaca. Que, por cierto, significa...

—Ay, mamá, ¿cómo supiste? —pregunté.

—¿Qué? ¿Sobre Posada?

—No —dije—. Que justamente lo que necesitaba después de un largo día en la escuela era otra clase de historia.

—No te pases de lista —dijo—. De todas maneras, es una figura importante en la historia mexicana. Es bueno conocer nuestra historia, Malú.

—*Tú* historia —dije—. Yo solo soy mitad mexicana.

La conversación me hizo pensar en Selena. Otra cosa que no quería hacer después de un largo día en la escuela.

—Nuestra historia —repitió mamá.

—Está bien, Supermexicana.

Imaginé a mamá volando por los aires con una capa de rebozo ondeando detrás, y ahogué una risa.

—¿Qué es gracioso?

—Nada —dije, pero se me acababa de ocurrir una idea para un zine.

—Prepararé pasta para cenar en cuanto termine —dijo mamá—. A menos que me quieras ayudar.

—Lo siento, tengo que llamar a papá —dije—. Además, tengo una tonelada de tareas.

—¿Desde el primer día? Qué raro.

—No lo creerías —dije, retrocediendo.

—Salúdame a tu papá.

Salí de la cocina antes de que mamá me pusiera una brocha en la mano.

Ya en mi cuarto, me tiré en la cama y llamé a papá. Las muñecas quitapenas estaban regadas por todas partes, así que las junté y las alineé de nuevo debajo de la almohada. Cuando le conté a papá sobre mi viaje al auditorio y cómo Selena me hizo sentir como si fuera un monstruo, se me retorcieron las entrañas. Me sentí rara diciendo su nombre en voz alta, como si abriera una puerta y la dejara entrar a mi mundo. Y yo no quería que eso pasara.

Después de colgar, saqué el Walkman de papá y empecé a escuchar su cinta. En cuanto la canción suave y punk llenó mi cabeza, mis entrañas se relajaron y se expandieron. Como no pude solucionar los problemas de las páginas nueve y diez de mi libro de álgebra, saqué el material para hacer un zine.

SUPERMEXICANA

16

LA BANDERA

mi mamá, ¡la superheroína!
(más o menos...)

Todos sabemos que la mayoría de las mamás tienen superpoderes, ¿no? Como la habilidad de darse cuenta quién se comió lo que quedaba de las papas y dejó la bolsa vacía en la alacena (¡no fui yo!) O el poder de saber que te costó trabajo salir de la cama porque estuviste jugando con tu teléfono después de tu hora de dormir.

Mi mamá tiene esa clase de poderes ¡y MÁS! Porque no es como cualquier mamá. Es...

¡Supermexicana!

sudor

Este chile pica riquísimo.

lágrimas por comer jalapeños

cara roja

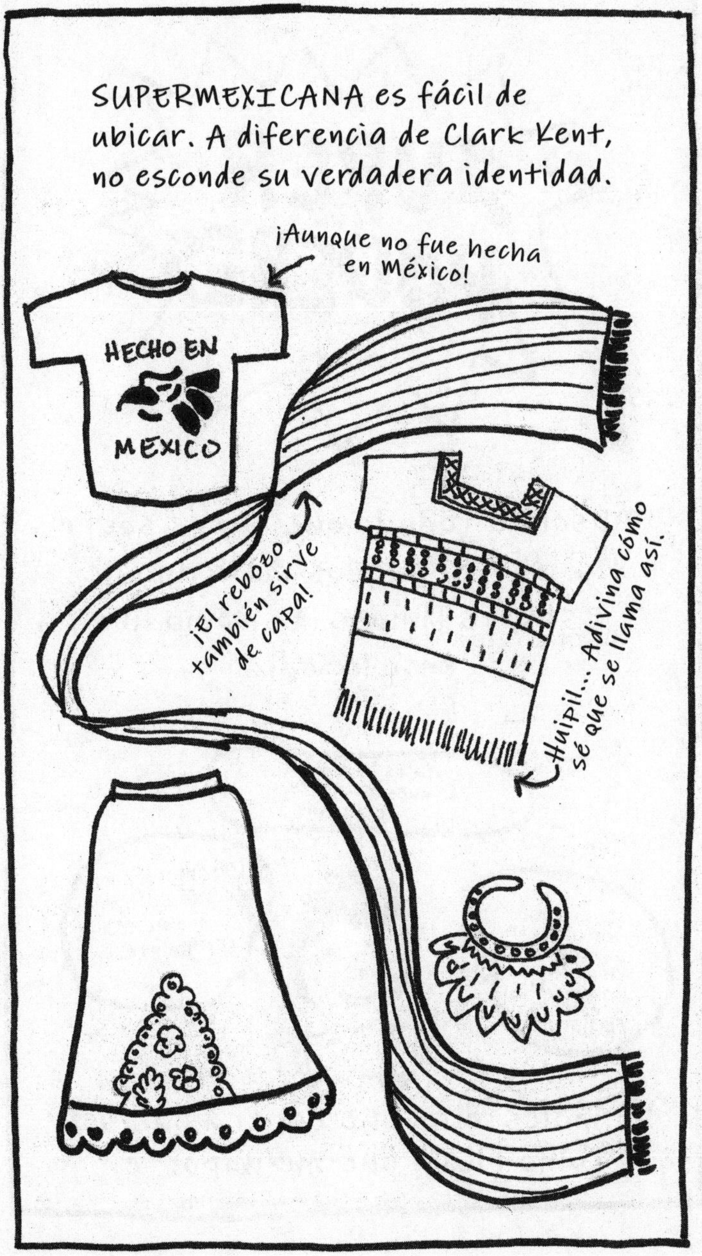
SUPERMEXICANA es fácil de ubicar. A diferencia de Clark Kent, no esconde su verdadera identidad.
¡Aunque no fue hecha en México!
HECHO EN MEXICO
¡El rebozo también sirve de capa!
Huipil... Adivina cómo sé que se llama así.

SUPER PODERES

Absorbe todo lo que puede sobre México y sobre los mexicanos en Estados Unidos. Es como una enciclopedia.

¡Coatlicue era una diosa azteca que usaba una falda de serpientes! Genial, ¿no?

Esta es la música de nuestra gente. ¡Ven, escucha!

Déjame decirte de qué se trata el Cinco de Mayo realmente...

Lo molesto es que espera que sea como ella y que me importe.

Pero no <u>TODOS</u> sus superpoderes son molestos. Por ejemplo:

- ¡Sabe mucho de autores y puede recomendar buenos libros!

- ¡Cuando prepara comida mexicana, sabe que tiene que hacerlo sin cilantro y sin chile!

¡tamales! →
♥
¡qué rico!

← ¡sin carne!
← ¡sin cilantro!
← ¡sin jalapeños!

- ¡Planeó un viaje a Detroit solo para que pudiéramos ver la exposición de Frida y Diego en el museo de arte!

Supermexicana puede ser buena de vez en cuando.

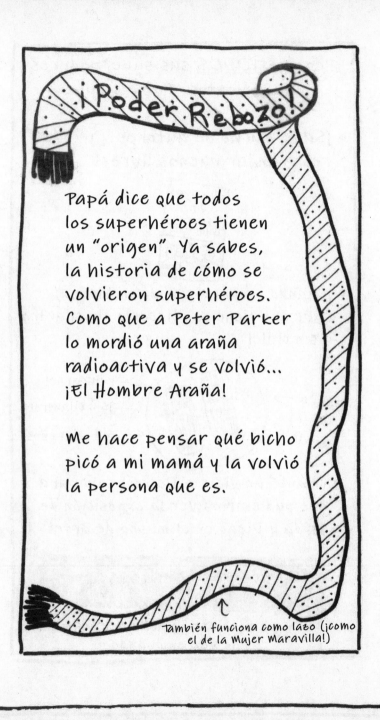

¡Poder Rebozo!

Papá dice que todos los superhéroes tienen un "origen". Ya sabes, la historia de cómo se volvieron superhéroes. Como que a Peter Parker lo mordió una araña radioactiva y se volvió... ¡El Hombre Araña!

Me hace pensar qué bicho picó a mi mamá y la volvió la persona que es.

También funciona como lazo (¡como el de la Mujer Maravilla!)

Lo que no entiendo es por qué le importa tanto a mi mamá. ¡Ni siquiera es mexicana! Mis abuelos sí lo son, pero mi mamá nació en

Aunque California solía ser parte de México.

¿Eso cuenta?

A veces siento que mi mamá no me entiende. Pero creo que yo tampoco la entiendo realmente.

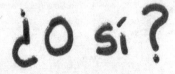

CAPÍTULO 10

me hice el propósito de evitar a Selena en la cafetería tanto como fuera posible, pero parecía que el destino había conspirado para juntarnos en el peor lugar: la clase de español. Había una clase para hablantes no nativos y el resto de las clases eran para hablantes fluidos. Me sorprendió saber que había entrado en la clase de hablantes fluidos, pues mi español sonaba como si lo hubieran licuado hasta formar un amasijo de letras y sonidos. El español de Selena, por supuesto, era perfecto.

—En español, señorita —le recordó el señor Ascencio a una niña llamada Beatriz que quería ir al baño.

—¿Puedo ir al baño, por favor? —preguntó tras soltar un suspiro dramático.

—Sí —contestó—. Apúrese.

Cuando empezó la clase, el señor Ascencio nos explicó que debíamos hacer un árbol familiar y un breve ensayo como primera tarea, para entregar el lunes.

—¿Para cuándo, señorita O'Neill-Morales? —me preguntó, haciéndome repetir la fecha límite de la tarea.

Me levanté de mi silla para responder, pero antes de que pudiera decir algo, Selena interrumpió.

—Señor Ascencio, María Luisa no habla español.

Algunos niños se rieron y sentí que me ardían las orejas. El señor Ascencio ignoró a Selena y me preguntó otra vez.

—Para el lunes —dije, sintiendo que tenía la boca llena de canicas.

—¡Muy bien, señorita O'Neill-Morales! —El señor Ascencio leyó cada palabra en voz alta mientras escribía *para el lunes* en el pizarrón—. Para cuando vengan sus padres.

Genial, los árboles iban a estar colgados en la reunión de regreso a clases para que todos los vieran. Incluyendo Selena y sus ojitos prejuiciosos.

Me enfoqué en terminar las páginas del libro de trabajo que teníamos que entregar al final de la clase, y las dejé sobre el escritorio del señor Ascencio. De regreso en mi asiento, trabajé en un zine durante el resto de la clase. Estaba guardando los materiales cuando una mano tomó el zine de mi mesa.

—¿Qué es esto?

Selena la agarró entre dos dedos, como si tuviera piojos.

—¡Devuélvemela! —dije, apretando los dientes.

Me abalancé para tomarla, pero retrocedió unos pasos para ponerse fuera de mi alcance.

—¿Es tu diario? —preguntó—. Es tan lindo.

Salté de mi asiento para recuperar el zine. Selena sonrió con malicia y lo escondió detrás de la espalda.

—Si no me lo devuelves, te vas a arrepentir —le advertí.

—¿Hay algún problema? —preguntó el señor Ascencio, mirándonos.

Selena aventó el zine hacia mi mesa.

—No, señor Ascencio —dijo con dulzura—. No deberías dejar tu diario tirado por ahí, María Luisa.

Me apuñaló con los ojos y le devolví la mirada. Junté mis cosas antes de que tuviera oportunidad de agarrar algo más.

—No toques mis cosas otra vez —le dije y me ardieron las orejas todavía más.

—¿O qué? —preguntó Selena y esperó unos segundos antes de irse.

No sabía realmente qué era capaz de hacer. No recordaba haber tenido una enemiga desde el kínder, cuando Katie Austen tomó una crayola y pintó bigotes en todas las fotos de Grandma Beetle en mi copia de *Just a minute*. Estaba tan enojada que la eché de cabeza cuando la vi tomar dos galletas en el recreo. Pero hasta ahí llegó nuestro pleito. Al menos entonces sabía por qué estábamos peleando. Pero con Selena no eran crayolas y galletas. No sabía qué había hecho para caerle mal.

CAPÍTULO 11

Oye, ¿firmarías mi petición?

Había ido a una orientación en la biblioteca como parte de la clase de Artes del Lenguaje y en los últimos minutos nos habían permitido sacar libros con el señor Baca, nuestro bibliotecario. Estaba en la fila del mostrador de préstamos, esperando mi turno.

La niña que me habló traía una tablilla y tenía una expresión seria. Tenía la cara llena de pecas y el cabello más pelirrojo que había visto en mi vida, recogido en un chongo suelto, ladeado, en lo alto de la cabeza. Llevaba una vieja chaqueta militar cubierta de parches y pines. Había una bandera de arcoíris, un símbolo de paz y un pin que decía YO LEO LIBROS PROHIBIDOS.

—¿Para qué es? —pregunté, deslizando mi libro sobre el mostrador cuando avanzó la fila. Ella se movió conmigo.

—Mejores opciones en la cafetería —dijo, poniendo la tablilla sobre el mostrador junto a mí—. ¿Queremos otro año escolar de macarrones con queso tibios y verduras cocidas de más?

—No olvides las plastas desconocidas —añadí.

—Exactamente —dijo, ofreciéndome una pluma—. Sabes de lo que hablo.

Tomé la pluma y escribí mi nombre en el primer espacio vacío. Solo había ocho firmas.

—¿Cuántas firmas necesitas? —pregunté, señalando la petición.

—El señor Jackson dijo que consiguiera tantas como pudiera, sin mencionar una cifra máxima. Pero aspiro a cien, *por lo menos*.

—Te falta mucho —dije.

—Si lo sabré yo. Soy Ellie, por cierto. —Su mirada seria se suavizó con una sonrisa.

—Soy Malú —dije—. Estoy segura de que obtendrás suficientes firmas. Es del almuerzo escolar de lo que estamos hablando.

—Yo también lo creo —dijo Ellie.

—¿Y las peticiones sí funcionan?

—No pasa nada con intentar —dijo Ellie—. Mi abuela es una activista y siempre me dice que es importante que los jóvenes tengamos una voz. Además, involucrarse en cosas de la escuela se ve bien en las solicitudes para la universidad, ¿no?

Asentí, aunque no tenía idea de lo que estaba hablando. Estábamos en el séptimo grado, así que todavía no pensaba en la universidad.

—Deberías hacer una petición para que tengamos

un código de vestimenta menos estricto —dije—. Yo la firmaría.

—No es una mala idea —dijo Ellie—. Pero es mejor una petición a la vez. La próxima será para tener un descanso diario de quince minutos en la mañana. Ya sabes, para que nuestros cerebros se refresquen entre clases.

—Eso suena como una buena idea —dije.

—Bueno, quizá deba ir por más firmas antes de que suene la campana —dijo Ellie, ajustando su mochila.

—Muy bien, ya es casi la hora —dijo el señor Baca detrás del mostrador, señalando el reloj.

Mi primera semana en la escuela había terminado, y eso significaba que solo quedaban ciento tres semanas aproximadamente. ¿Pero quién estaba contando?

—Al salir, asegúrense de tomar un volante sobre nuestra Fiesta de Otoño —dijo y señaló una pila de papeles verdes sobre el mostrador—. Verán las fechas para las audiciones del concurso de talentos y la exhibición de arte. Así que, si están interesados, léanlo.

—Gracias de nuevo —dijo Ellie, despidiéndose con su tablilla.

—Claro, buena suerte.

La vi acercarse a otra niña de nuestra clase, con su chongo amenazando con deshacerse, mientras hablaba con entusiasmo sobre el menú de la cafetería. Quizá no todos en Posada fueran tan malos finalmente.

CAPÍTULO 12

El volante verde de la Fiesta de Otoño estaba quemando un hoyo en mi mochila cuando llegué a nuestro edificio, pero tuve que esperar para releerlo porque nuestra vecina, la señora Oralia, estaba sentada en una mecedora en la entrada. El sonido de la voz de una mujer, parecido a un lamento como de un animal herido, llenaba el aire y me puso la piel de gallina. La señora Oralia levantó la mirada de lo que estaba haciendo cuando abrí la puerta.

—Ven, niña. ¿Quieres algo de comer? —dijo y me indicó que la acompañara.

Realmente solo quería llegar a mi cuarto, pero mi mamá habría dicho que era grosero, así que dejé mi mochila en el suelo y me senté en el columpio de la entrada.

—¿Una galleta? —preguntó, señalando el paquete de obleas que había en la mesa junto a ella.

La señora Oralia estaba tejiendo con un gancho algo amarillo y suave. Había una serie de artículos en una mesita, incluyendo una taza de café, un pequeño reproductor de CD, algunos discos y... ¿un rollo nuevo de papel de baño?

—Gracias —dije, y tomé una galleta. Mordí la galleta delgada y crujiente, y cayeron migajas sobre mi playera.

—Cuando era niña, en México, había flores de ese mismo color por todos lados —dijo la señora Oralia, señalando mis *leggings* fucsias de Day-Glo—. Es un color bonito.

Papá decía que, aun cuando mucha de la mejor música se hizo en los ochenta, en esa época también se hicieron cosas no tan grandiosas, como Ronald Reagan y la moda Day-Glo. Era algo en lo que no estábamos de acuerdo.

Yo llevaba mallas bajo unos pantalones cortos, ya que no podía usarlos solos, pero la directora Rivera me detuvo en el pasillo, entre la cuarta y quinta clase, y me dijo que los pantalones cortos tampoco estaban permitidos. Le pregunté si lo decía el código de vestimenta, no por hacerme la lista, sino porque no recordaba que estuvieran listados, pero ignoró mi pregunta y me dijo que no volviera a usarlos más.

—A mí también me gusta —comenté.

Mi mamá me había dicho que me veía como un "mísero galopín de la calle" antes de irme a la escuela. Te sorprenderían las múltiples maneras en que te puede insultar tu madre cuando es maestra de literatura. Nada de lo que usaba era suficientemente "señorita" para ella. Decidí que mi mamá y la directora Rivera probablemente serían las mejores amigas si se conocieran.

—¿Qué música está escuchando? —pregunté.

—Es Lola Beltrán —dijo la señora Oralia—. ¡La grande!

—Suena muy triste —dije.

—Pues sí. La vida es triste, ¿no?

—Sí, es cierto, señora Oralia —dije, terminando mi galleta y sacudiéndome las migajas de las piernas.

—Ay, eres demasiado joven para estar de acuerdo —dijo, señalándome con su gancho—. ¿Por qué estás triste, niña?

—Desearía que no nos hubiéramos mudado —dije, preguntándome por qué los adultos siempre creían que todo era fácil para los niños—. Ojalá estuviera en casa.

—Ah, sí, el hogar —dijo—. ¿Estás triste porque lo extrañas?

—Sí.

—Lo importante es que sigamos adelante. Así sobrevivimos —dijo la señora Oralia, cerrando el puño como una boxeadora—. Si miras hacia atrás, te quedas atorada en el pasado.

—No es el pasado —dije—. *Voy* a volver.

—¿Sí? ¿Cuándo?

—En dos años —dije en un murmullo, dándome cuenta de lo ridículo que sonaba.

—¿Dos años? ¡Híjole! —dijo la señora Oralia—. Te vas a cansar de esperar.

—Ajá —dije—. Ya se siente eterno.

—Así que tienes más de un hogar —dijo la señora

Oralia, encogiendo los hombros—. No es algo malo. Algunas personas no tienen ninguno.

—Supongo —dije.

—Además —continuó—, tienes tus... ¿Cómo se dice? ¿Tus juguetes? Tu teléfono y tu computadora. Es como si no te hubieras ido.

—No es lo mismo —dije.

—Bueno, las cosas siempre podrían ser peor, ¿no?

¿Por qué los adultos siempre dicen cosas así? Como si pensar en una situación mucho peor realmente pudiera hacerte sentir mejor. Era obvio que la señora Oralia no iba a comprender, así que cambié el tema.

—¿Qué está haciendo? —pregunté.

—Una cubierta. Para el papel de baño.

Levantó lo que me pareció una falda con olanes de tiempos de la Guerra Civil.

—¿Una cubierta para el papel de baño?

—Sí, niña —dijo, como si fuera la cosa más obvia.

En la mesa, junto al plato de galletas, había una muñeca espeluznante con piel color durazno y cabello largo, negro y rizado. En lugar de piernas, su tronco se convertía en lo que parecía un bastón corto. Una sola pierna gorda, redonda y plástica. Me estremecí.

Levanté la pila de discos y leí los nombres. Algunos me eran familiares, cosas que mi mamá escuchaba cuando estaba en su modalidad de Supermexicana.

El CD de Lola Beltrán tenía la foto de una mujer con un chongo inmenso con laca y pestañas largas. Su cabeza estaba ligeramente inclinada hacia atrás y extendía las manos en un gesto teatral. Sus dedos largos terminaban en uñas rojas pulidas.

—¿Te gusta la música ranchera? —preguntó la señora Oralia—. ¿Tu mami la pone para que la escuches?

—A veces —dije.

Acomodé la pila de discos en su lugar.

—Llévatelos —dijo la señora Oralia.

—Oh, no, no podría.

—No es *rock & roll*, pero es buena música —dijo, y echó una risita rasposa que sonaba como si se estuviera riendo de su propia broma.

Me preguntaba qué sabría la señora Oralia de *rock & roll*. Tomé el disco de Lola Beltrán de encima de la pila.

—Solo tomaré prestado este —dije, para no ser grosera—. Se lo devolveré pronto.

La señora Oralia asintió.

—Y esto es para tu mami y para ti —dijo—. Un regalo de bienvenida.

Vi cómo le puso el vestido tejido a la horrible muñeca. Levantó el rollo de papel de baño y metió la pierna redonda de la muñeca en el centro del tubo de cartón. Luego acomodó el vestido para que no se asomara por debajo nada del rollo de papel.

—¿Ves?

Meneó la muñeca con su vestido de olanes como si fuera una debutante.

—Ah, genial —dije—. Gracias.

Tomé la muñeca y el papel de baño. No sabía nada de regalos de bienvenida, pero ese era, definitivamente, uno de los más extraños.

—Y no olvides esto —dijo.

La señora Oralia sacó el CD de Lola Beltrán del reproductor, me lo entregó y metió otro disco antes de tomar su gancho de crochet otra vez. Entré a mi casa cuando empezaba a oírse la voz profunda de un hombre cantando otra canción triste.

En mi habitación, saqué de la mochila el volante verde y por fin lo pude releer. La Fiesta de Otoño era un carnaval que se hacía todos los años en Posada para recaudar fondos. Comida y diversión para toda la familia, anunciaba el volante. Pero la parte más emocionante, en la que me enfoqué, estaba al final. Habría un concurso de talentos e invitaban a las audiciones. Sentí cómo surgía una fuente de esperanza mientras leía las palabras en voz alta una vez más: *se aceptan actuaciones musicales*. Estaba loca por ver qué clase de bandas tocarían. Y quizá incluso tendría oportunidad de encontrar allí a mi gente.

SEÑORITA

GÉRMENES

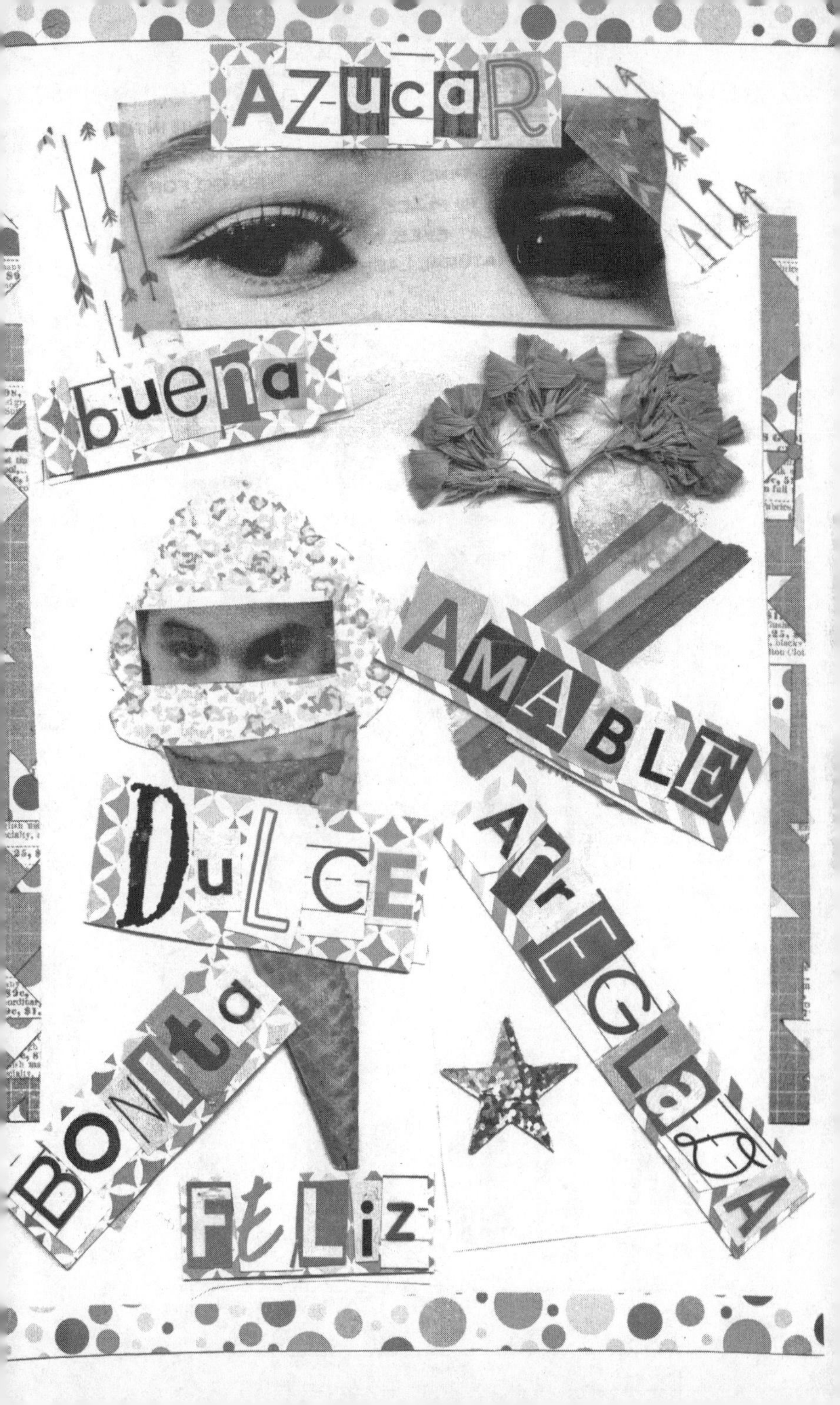
AZUCAR
BUENA
AMABLE
DULCE
ARREGLADA
BONITA
FELIZ

¡CHICA MODERNA!

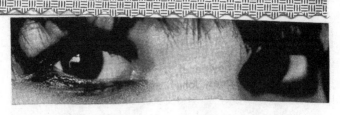

AuDaz

FUeRTE

LISTA

GENiAl ExtRaÑA

eLÉcTriCA

SEGuRa

eXTraORdinARia

Su verdadero nombre era
Marianne Elliott-Said, y es una
de mis favoritas...

¡SEÑORITAS PUNK!

* ¡Cuando tenía 18 vio tocar a una banda de punk y decidió que ella también podía hacerlo!
* Formó X-Ray Spex en 1977. Su álbum fue "Germ Free Adolescents".
* ¡Creía que ser punk se trata de lo que HACES!
* ¡Cantaba sobre problemas sociales, como el medioambiente, y criticaba los estándares de belleza!
* ¡Era vegetariana!
* Usaba ropa hecha de plástico, calcetines que no combinaban, Day-Glo y frenos.

NO TE

3

METAS

CON

LA DAMA

CAPÍTULO 13

Antes de que mamá pudiera retacar todo nuestro sábado con "eventos culturales" aburridos, pregunté si podía hacer mi tarea en el Calaca. En realidad, no planeaba trabajar, solo quería estar en el único lugar de Chicago que me gustaba, además de la biblioteca. Me dejó ir con la condición de que le enviara un mensaje tan pronto llegara.

Ya en el Calaca, me acerqué al mostrador a ver la selección de panes dulces mientras esperaba que alguien viniera a atenderme. Oí el silbido del vapor de leche y un golpe fuerte detrás de la máquina de espresso. Por encima se asomaba una cabellera oscura.

—¡Maldición! —escuché.

La persona emergió y colocó una taza verde sobre la barra, frente a mí.

—¿De qué le ves cara? —preguntó. Era el niño del cabello azul que había estado en el auditorio conmigo el primer día de clases. Solo que ahora su cabello era negro.

Miré la masa de espuma de leche que flotaba en la superficie del café. Sabía que debía haber una respuesta correcta, pero no estaba segura de cuál era.

—Ehhh...

—Se supone que debe ser un tulipán —dijo.

—Eso es lo que iba a decir.

—Mentirosa —dijo el niño—. Es muy frustrante. Nunca me va a salir.

Le dio un trago al café antes de vaciar la taza en el fregadero.

—¿Quieres pedir algo?

Miré el menú escrito con tiza que colgaba a sus espaldas.

—¿Me das una concha? —pregunté—. Y un café olé. Sin arte, por favor.

—No hay necesidad de restregármelo en la cara —dijo.

—Lo siento —dije sonriendo para demostrarle que estaba bromeando—. Oye, tú eres el que tenía el cabello azul el primer día de clases, ¿no?

El niño sacó una concha con azúcar amarillo claro y la puso en un plato frente a mí, tomándola con un cuadrado de papel encerado.

—Sí —dijo, tocando su cabeza—. Tú eras la de los ojos de mapache.

—No eran ojos de mapache —dije, arrugando el entrecejo—. Eran ojos punk, tú.

Se rio y fue hacia la máquina de espresso a preparar mi bebida.

—¿No eres un poco joven para tener un trabajo? —pregunté.

—Tengo trece años —dijo—. Cuando mi abuelo tenía mi edad ya había dejado la escuela y cruzado la frontera, y mantenía a su familia. Así que, no.

—Suenas como mi mamá con tu triste historia mexicana —dije.

—¿A ti también te tocan de esas? —preguntó riéndose—. De cualquier manera, no tengo opción porque mis papás son los dueños. Explotación infantil gratis y eso, ¿sabes?

—Espera —dije—. ¿*Tú* eres José?

—Joe —dijo—. ¿Cómo sabes mi nombre?

—Conozco a tu mamá —dije—. Y tu abuela es mi vecina.

—¿Mi Bueli ya te hizo una de sus famosas cubiertas para el papel de baño?

Asentí.

—Se las hace a todos —dijo, y se rio—. No te sientas especial.

—Gracias.

Pensé en la espeluznante muñeca que ahora vivía en nuestro baño.

—¿Tus padres dejan que trabajes aquí solo? —pregunté, buscando una señal de la presencia de un adulto.

—Sí, como no. Están atrás.

En ese momento, un alarido fuerte y desgarrador salió del sistema de sonido.

—Conozco esa canción —dije—. Tu abuela la estaba escuchando ayer.

—Lola Beltrán —dijo Joe—. A Bueli le encanta Lola Beltrán.

Colocó sobre la barra una taza de café con un platito de un estilo diferente.

—Un café sin arte —dijo Joe, con el entrecejo fruncido—. Realmente soy bueno haciéndolos.

La señora Hidalgo salió de la parte de atrás con los brazos llenos de bolsas de granos de café. Llevaba puesta una playera de ese color café que decía CAFÉ CALACA y tenía dibujado un esqueleto con una taza.

—Arte o no, preparas un cafecito tremendo, m'ijo —comentó, pasándole las bolsas—. Hola —me dijo, y me regaló una gran sonrisa—. María Luisa, ¿verdad?

—Malú —dije.

Extendí un billete de diez dólares hacia Joe.

—Cortesía de la casa, Malú —dijo la señora Hidalgo y rechazó mi dinero.

—¿En serio? —pregunté—. Gracias.

La señora Hidalgo sonrió de nuevo y empezó a verter granos de café en el enorme molino.

Tomé la taza y el plato y me senté en un enorme cojín morado en el suelo, frente a la ventana. Pensé hacer la tarea, como le había dicho a mi mamá, pero al final decidí trabajar en un zine.

Cuando terminé de comer, coloqué el plato y la taza en el contendor de plástico para los platos sucios y me fui hacia la pared decorada con portadas de discos.

—¿Te gusta nuestro salón de la fama?

Cuando me volteé vi a la señora Hidalgo que limpiaba una mesa cercana.

—¿Salón de la fama? —pregunté.

—Sí —dijo—. Son bandas y cantantes mexicanos y mexicanoamericanos que nos encantan. Los ponemos ahí para honrarlos.

—Pero Morrissey no es mexicano —dije, señalando el lugar desde donde nos miraba el rostro deprimente de Moz. Morrissey era el cantante de The Smiths, una de las bandas favoritas de mi papá, y yo sabía que eran de Inglaterra.

—Es una broma —dijo la señora Hidalgo, riendo—. Es un mexicano honorario porque es muy popular en México.

—Ah, vaya —dije—. Es gracioso.

—Traías puesta una playera de los Ramones el día que viniste con tu mamá, ¿verdad?

—Sí, es una de mis bandas favoritas —dije.

—¿Ves a esos tipos de ahí? —Señaló una portada con la imagen en blanco y negro de cuatro hombres y el título THE ZEROS garabateado en rosa fuerte encima—. Muchas veces los llamaron los Ramones mexicanos.

—Qué raro —dije sin pensar.

—¿Qué tiene de raro?

De pronto me sentí nerviosa, pero la señora Hidalgo tenía expresión de estar realmente interesada en por qué me parecía raro.

—No lo sé —dije—. Suena chistoso. No sabía que había bandas de punk mexicanas, supongo.

—Bueno, técnicamente son mexicanoamericanos,

pero seguro —dijo—. Ha habido mexicanos en el punk desde que empezó. Están Alice Bag, Plugz, The Brat. —Sonaba como si pudiera nombrar más.

—Eso es genial —dije. Pero *genial* no alcanzaba a describir lo que estaba pasando por mi cabeza. La verdad era que siempre me había sentido como si fuera la única punk morena del mundo. Mi papá comprendía muchas cosas, pero yo no sentía que en verdad pudiera entender eso.

—No somos unicornios en Chicago —dijo la señora Hidalgo, como si pudiera leer mi mente, y me guiñó un ojo—. Será mejor que vuelva al trabajo. La próxima vez que vengas pondré algunas de esas bandas para ti. ¿Te gustaría?

—Sí —dije, asintiendo con fuerza—. Me *encantaría*.

—Te veré pronto entonces —dijo, y volvió a la cocina mientras yo me quedaba sola, atónita.

CAPÍTULO 14

El domingo por la mañana me desperté con el aroma del café y el desayuno. Me puse mis sandalias y fui a la cocina, donde mamá estaba batiendo huevos en un tazón mientras freía algo que parecía chorizo en una sartén sobre la estufa.

—Buenos días, dormilona —dijo mamá—. ¿Quieres café?

—¿Alguna vez he rechazado un café?

—Cierto —dijo mamá—. Espero que este Soyrizo no esté demasiado picante.

Dijo la palabra *Soyrizo* como si fuera algo que todavía no le cupiera en la cabeza.

—Intenté comprarle a la señora Hidalgo un poco, en el Calaca, pero ya no tenían. ¿Quién hubiera dicho que hay demanda de chorizo de soya? —dijo y se volvió hacia la estufa—. De todas maneras, me recomendó un lugar mexicano donde lo preparan, así que este chorizo falso es tan auténtico como puede ser.

—Y probablemente me va a quemar la lengua, ¿verdad?

—Probablemente —dijo mamá, pasándome un par de tazas—. Te serviré un vaso de leche también.

—Gracias —dije. Mientras veía a mi mamá dividir los huevos y el Soyrizo en dos platos, pensé en la tarea del árbol genealógico para la clase de español. Se me venía encima: era para el día siguiente. Papá siempre dice que debes saber cuándo pedir ayuda. Sin importar cuánto temiera preguntarle a mamá, sabía que no podía hacerlo sola.

—Mamá, ¿me puedes ayudar con la tarea del árbol genealógico?

—Por supuesto —dijo, súper emocionada. Colocó un plato frente a mí y se sentó—. ¿Cuándo lo hacemos?

—¿Qué tal ahora? —pregunté—. Es para mañana, así que no tengo opción.

—No suenas muy emocionada, Malú —dijo mamá, empezando a comer.

Fui a mi cuarto y tomé el cuaderno de español y una pluma.

—Necesito por lo menos dos generaciones, sin contarme —dije.

—¿Eso es todo? —preguntó mamá con voz decepcionada.

—Veamos —dije—. Nombres completos, lugares y fechas de nacimiento y muerte.

Mi mamá sostenía una botella de salsa picante encima de su plato y vi cómo vertía pequeñas gotas anaranjadas sobre sus huevos.

—Muy bien. Bueno, tu abuelo, Refugio Morales, nació en Morelos, en el estado de Coahuila, en 1936, y murió en Anaheim, California, en 2010.

—Más despacio —dije—. ¿Cómo se escribe?

Mamá deletreó Coahuila y continuó.

—¿Por qué se fue de México? —No era parte de mi tarea, pero tenía curiosidad.

—Vino a Estados Unidos como parte del Programa Bracero —dijo mamá—. ¿Sabes qué es?

Negué con la cabeza.

—Durante la Segunda Guerra Mundial, cuando los hombres norteamericanos estaban en la guerra o trabajando en industrias que producían equipo para la guerra, hizo falta mano de obra para las labores del campo —dijo mamá—. El gobierno de Estados Unidos llegó a un acuerdo con México para traer trabajadores a las granjas. El programa continuó hasta poco tiempo después de que terminara la guerra. Así vino tu abuelo. Se suponía que sería temporal, pero nunca se fue.

—¿Qué clase de trabajo hizo?

—Cosechar, más que nada —dijo mamá—. Remolachas, higos, fresas...

—¿Como para los supermercados? —pregunté.

Mamá asintió.

—Caray —dije—. ¿Hay personas que hacen eso?

—Pues, ¿quién crees que hace ese trabajo? ¿Las máquinas?

Subí los hombros. Honestamente, nunca lo había pensado.

—La mayoría de la gente probablemente no piensa en eso —dijo mamá, como si me hubiera leído la mente—. Pero es un trabajo duro.

—Recuerdo que el abuelo solía darme de esas gomitas que se veían como gajos de naranja, y que les chupaba todo el azúcar antes de comérmelas —dije.

—¿Te acuerdas de eso? —preguntó—. Eras tan chiquita.

—Y nos sentábamos en el sillón cubierto de plástico y veíamos el programa del niño que vivía en un barril.

—Estás hablando de *El chavo del ocho*. —Mamá sonrió, recordándolo—. A tu abuelo le encantaba la comedia. Se reía mucho a pesar de haber tenido una vida muy dura.

—¿Y mi abuela? —pregunté.

—Tu abuela, Aurelia González de Morales, nació en Agua Prieta, en el estado de Sonora, en 1948 —dijo mamá.

—¿Cuándo vino a Estados Unidos?

—Se fue de México y dejó a su familia a los dieciséis años —dijo mamá.

—¿A qué te refieres con que dejó a su familia? —pregunté.

—Vino sola —dijo.

—¿Sola? Pero, ¿no es peligroso?

Mamá subió los hombros como si no fuera la gran cosa.

—¿Cuando tenía *dieciséis*? —pregunté—. Mamá, eso es como cuatro años más grande que yo. ¿Cómo logró hacerlo sola?

—Mucha gente viene a este país sola, Malú, y sin hablar el idioma —dijo mamá—. No es una historia poco común. Es probable que haya otros niños en tu escuela cuyas familias vinieron en circunstancias similares.

Eso era todavía más impresionante que la idea de mi abuelo recogiendo las fresas que veo en el supermercado. Intenté imaginarme llegando a Chicago sola. Me dio miedo. Mucho más miedo del que sentía viniendo con mi mamá.

—Tus abuelos trabajaron muy duro para construir una vida en este país —dijo mamá—. Pero también estaban muy orgullosos del lugar de donde venían.

Mordí mi pluma y pensé en mis abuelos. Mi abuelo murió cuando yo era chica, pero antes, cando todavía vivían en Florida, pasaba tiempo con ellos. Cuando mi mamá empezó a estudiar el doctorado los vimos menos. Y después de que mi abuelo murió, la abuela se mudó a California, donde vivía el resto de la familia de mi mamá. Estaban tan lejos y mamá estaba tan ocupada que era difícil ir a visitarlos. Aun así, mamá llamaba a la abuela cada fin de semana y me obligaba a tomar el teléfono y saludarla. Escuchaba a mi mamá decirle a la abuela que me hablara en español, pero nunca lo había hecho.

—Por eso quiero que aprendas de dónde vienes —dijo mamá.

—Sé de dónde vengo, mamá —dije, regresando al presente.

Me miró y sonrió con tristeza.

—Hay cosas que te estás perdiendo y que son importantes —dijo.

—¿Como qué?

—Deberías estar orgullosa de hablar español, en lugar de sentir vergüenza.

—No me da vergüenza —dije, pero, al igual que ella, no lo creía realmente.

—Supongo que no puedo culpar a nadie más que a mí —dijo mamá.

—Vaya, lamento decepcionarte.

—No lo digo en ese sentido, Malú —dijo—. No eres una decepción.

—Claro —dije—. ¿Por eso siempre dices cosas sobre cómo me visto y cómo odio hablar español?

—Oye, espera un momento.

—Admítelo, mamá —dije—. Simplemente soy tu hija rara, maleducada, que no sabe hablar español y es mitad mexicana.

—¿De dónde sacas todo eso? —preguntó mamá.

—Quieres que sea como tú y que me interese lo que a ti te interesa —dije—. Lo siento, pero no. No puedo evitar que me importen los animales y no me los quiera comer. Y no es mi culpa que no me guste la salsa picante ni el cilantro.

Mamá se echó a reír.

—Malú, ¿crees que me importa que no te guste el cilantro o que seas vegetariana?

—Por supuesto —dije—. Porque los *verdaderos* mexicanos aman el cilantro, el chile y, sobre todo, la carne.

—No espero que seas como yo —dijo mamá—. Solo quiero que estés orgullosa de quién eres. De *todo* lo que eres.

—Yo estoy orgullosa de quién soy —dije—. Eres tú la que parece tener un problema. Eres como Selena.

—¿Selena, la cantante texana? —preguntó mamá con expresión confundida—. ¿Qué tiene que ver en esto?

—¿Quién? —pregunté—. Olvídalo. No lo entiendes. Nunca lo entiendes. Ojalá estuviera con papá.

Agarré mi cuaderno y salí de la cocina. Casi esperaba que mi mamá me siguiera con más preguntas, o que al menos me dijera quién era esa cantante Selena, pero no lo hizo.

BRACERO

De la palabra "brazo", en español

El Programa de Abastecimiento de Trabajadores Agrícolas Mexicanos se conocía como el programa BRACERO

aguacate

¿Sabes quién recogió las fresas que te comes?

Alrededor de 4.6 millones de personas llegaron de México para trabajar en el campo. La mayoría estaba en California.

fresa

Comenzó en

1942

Los BRACEROS vivieron...

- abusos
- prejuicios
- condiciones de trabajo injustas
- exposición a pesticidas (incluyendo que los fumigaran)
- trampas que los despojaban de sueldos y beneficios

1964

terminó

Los BRACEROS como mi abuelo
trabajaron con los brazos,
pero también con...

azada

canastas

pala

espalda

piernas

y sus...

MANOS

MANOS

(las herramientas
de mi abuelo)

Yo también trabajo con mis manos. No es pesado, como lo que hacía mi abuelo, pero ambos

CREAMOS

(Mis herramientas)

tijeras

papel

pegamento

marcadores

cinta adhesiva

y

pila de revistas viejas

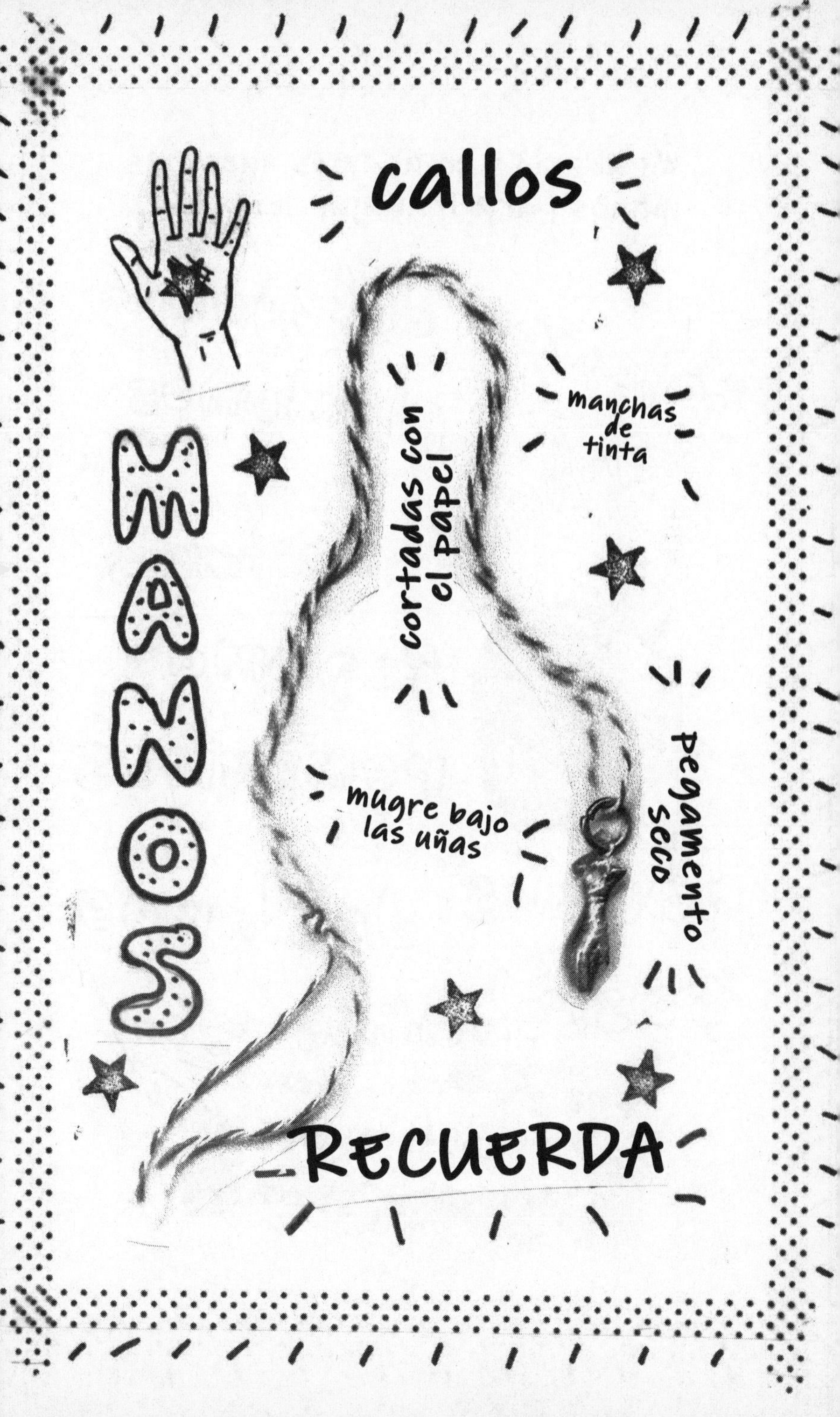

callos

MANOS

cortadas con el papel

manchas de tinta

pegamento seco

mugre bajo las uñas

RECUERDA

Mi abuelo y yo usamos nuestras manos para trabajar. Los dos...

jalamos dibujamos plantamos aramos cortamos

pegamos rompemos hacemos doblamos cosechamos

transformamos

CAPÍTULO 15

El lunes, en nuestra reunión de regreso a clases, esperé a mi mamá afuera del salón. Llegó con sus múltiples portafolios y los lentes sobre la cabeza.

—¡Uf, llegué! —dijo, abrazándome de prisa—. Se retrasaron los trenes.

—No tuviste tiempo de cambiarte, ¿eh? —pregunté.

—¿De qué estás hablando?

Llevaba puesto un vestido azul bordado con flores de colores, sandalias y un collar grueso. Tenía el cabello recogido en un chongo aguantado con un lápiz. Parecía la versión "Frida Kahlo" de los maestros de universidad.

—¿Es que nunca puedes usar... ya sabes... algo normal?

Mamá miró mi atuendo en respuesta.

Yo llevaba una minifalda roja de pana, que tuvo que pasar la prueba de la punta de los dedos frente a la directora Rivera cuando ya iba tarde para la clase de historia, mallas de rayas, mis Doc Martens y una playera que me dio mi papá. Era gris, con una foto de Judy Garland como Dorothy, cargando a Toto en su canasta, y decía: TOTO ES MI COPILOTO.

—No hablemos de ropa ahora —dijo mamá—. ¿Adónde vamos?

—Sígueme.

La llevé al primer salón.

En cada uno, los niños se comportaban de maravilla mientras los padres leían las reglas pegadas en las paredes, inspeccionaban los títulos que había en los libreros y esperaban a que los maestros hicieran comentarios cortos sobre lo que estudiaríamos en ese año escolar. Escuchar a la señorita Freedman, la maestra de ciencias de séptimo año, describir la estructura del sistema solar me hizo recordar que iba a pasar allí todo ese año. *Dos años completos.* En términos científicos, la Tierra viajaría dos veces alrededor del sol antes de que pudiera volver a casa para siempre.

Cuando llegamos al salón del señor Ascencio, nos entregó a cada uno una pinza de ropa y nuestro árbol familiar, que ya había calificado, para que lo colgáramos en el hilo que había puesto a lo largo del salón. Volteé mi dibujo y decía "A" con marcador rojo en la parte de atrás.

—¡Una A! Malú, es maravilloso —dijo mamá—. ¿Puedo ver?

Levanté la pinza de ropa.

—Lo voy a colgar —dije—. Luego lo miras, ¿sí?

—¿Me vas a hacer esperar? Está bien. Voy a hablar con tu maestro.

Mamá se fue con el señor Asencio y yo me fui hacia el fondo del salón a colgar mi árbol. Vi entrar a Joe y lo saludé.

—Es un dibujo muy bueno —dijo Joe, acercándose.

—Gracias —dije—. ¿A qué hora tomas la clase del señor Ascencio?

—En la segunda hora —dijo.

—¿Cuál es tu árbol?

—¿En serio lo quieres ver? —preguntó Joe.

—Claro —dije, y añadí con una sonrisa—: ¿Es mejor que tu tulipán de espuma?

—Qué graciosa —contestó Joe, arrugando la frente—. Ven.

Lo seguí por entre la fila de árboles colgados hasta que se detuvo. Su árbol tenía un gran tronco, pintado con varios tonos de café que parecían ondas, y en él había escrito nombres y dibujado algo parecido a animales: un gato grande, árboles tropicales, un elefante. El tronco se dividía en ramas llenas de hojas verdes, suaves, ligeras y brillantes, donde también había nombres escondidos.

—Oh —dije—. Es... es hermoso.

—Es el árbol del Tule —dijo y noté que se le ponían rojas las mejillas y las orejas.

—¿Qué es ESO? —pregunté.

—Es un árbol inmenso y súper viejo en México —dijo—. Lo vi cuando tenía ocho. Nunca me he sentido tan pequeño en toda mi vida.

—¿De quiénes son los nombres en el tronco?

—Esos son todos mis abuelos y bisabuelos —dijo Joe—. Mis papás y yo estamos arriba —señaló las hojas.

—Me gusta —dije—. Eres un gran artista.

—Gracias —dijo Joe—. Las acuarelas las puedo manejar. La espuma de leche, no tanto.

Miré sobre su hombro y vi a mi mamá hablando con Selena y otra mujer, que asumí que era su madre.

—Ay, no —dije—. Mejor me voy. Nos vemos.

—Sí, ve a rescatar a tu mamá —dijo Joe, volteando a ver—. Yo también voy a buscar a la mía.

Dejé a Joe junto a los árboles y corrí hacia mamá.

—Ahí estás —dijo.

—Ven a ver mi árbol, mamá.

Esperaba que estuviera tan emocionada por ver mi A que quisiera alejarse de Selena y de su mamá rápidamente.

—No seas grosera, María Luisa. ¿No vas a saludar a tu amiga? —preguntó, señalando a Selena—. Y ella es la mamá de Selena, la señora Ramírez.

—Hola —dije, dándole una sonrisa forzada a la señora Ramírez, mientras ignoraba a Selena—. Muy bien, mamá, vamos. Ya va a sonar la campana.

—Mucho gusto en conocerla, señora Morales —dijo Selena dulcemente—. Nos vemos luego, María Luisa.

—Es Malú —dije, y tomé a mi mamá del brazo. La jalé mientras se despedía de Selena y de su madre.

—Odio tener que decirte esto, mamá —dije—, pero Selena no es mi amiga.

—Parece muy agradable. ¿Y sabías que baila huapango? Es muy impresionante.

—¿Huapa... qué?

—Es una danza tradicional mexicana —dijo mamá—. Sabes, Malú, no te haría daño hacer amigos.

—Tengo amigos —dije.

—¿Quién? —preguntó mamá.

Era una buena pregunta.

—Joe. El hijo de la señora Hidalgo —dije—. Un amigo es todo lo que esta chica necesita.

Mamá puso los ojos en blanco.

—La mamá de Selena tiene su propia academia de baile —dijo—. Siempre quise aprender alguna danza regional mexicana.

—Qué bien, mamá —dije, todavía intentando cambiar el tema—. Mira, ahí está mi árbol.

—Le dije que nos inscribiríamos en una clase para principiantes.

Me paré en seco.

—¿Nos?

—¿Cuándo vamos a tener otra oportunidad así? —preguntó mamá—. Quiero que la aprovechemos mientras podamos.

—Pero yo no quiero hacerlo —dije.

—Será divertido si lo hacemos juntas, Malú —dijo mamá—. Piénsalo: es solo una clase. Ahora, ¿dónde está ese árbol?

Señalé mi árbol y esperé que mi mamá lo inspeccionara y leyera mi ensayo.

—Es muy hermoso, Malú.

—Gracias —murmuré con los brazos cruzados.

—¿Ahora vas a estar enojada conmigo? —preguntó.

No estaba enojada; estaba furiosa. Y empezaba a sentir pánico ante la sola idea de tener que pasar una tarde con Selena afuera de la escuela.

—Hiciste un buen trabajo con el árbol —dijo mamá—.

Ojalá me hubieras dejado revisar tu ensayo antes de que lo entregaras.

—Saqué A, ¿no?

Mis oraciones eran cortas, había escrito todo exactamente como sonaba, usando la información que me habían dicho mis papás. Pensé en pedirle a mi mamá que lo revisara, pero decidí que no. Sabía que le daría demasiado gusto. Además, no quería escucharla criticar mi español. Ya podía ver sus correcciones en rojo sobre mi hoja, como si fuera una de sus alumnas.

—Supongo que sí —dijo mamá—. Pero sabes que aquí estoy.

—Lo sé, mamá —dije.

—Parece que vas a tener un gran año escolar.

—Ajá —dije—. El mejor.

—Necesito ir al baño antes de irnos —dijo mamá, ignorándome—. Te veo en la entrada.

Tenía curiosidad por ver la nota que Selena había sacado por su árbol —probablemente A+—, así que recorrí todo el fondo del salón, buscándolo. Noté que en los árboles se mencionaban casi siempre Chicago o México. Algunos decían California o Texas. El mío era el único con un nombre que no estaba en español. Probablemente también era la única en la clase que no podía bailar huapa... lo que sea.

Cuando llegué al árbol de Selena, me detuve. Se veía que había trabajado mucho en él. Era la imagen impresa de un árbol, con fotos de los miembros de la familia sobrepuestos en las ramas. En la copa había una foto de Selena sonriendo. Todo estaba impreso a color, en un papel brillante que se veía caro.

—¿Admirando mi trabajo? —preguntó Selena.

—Estoy viéndolos todos —dije—. No solo el tuyo.

Selena se recargó contra el respaldo de una silla.

—Mi mamá dice que nuestra familia ha estado aquí desde antes de la frontera —dijo.

—Todas nuestras familias estuvieron aquí antes de la frontera, tonta —dijo Joe por encima del hombro mientras pasaba.

Selena siseó y le quiso pegar. Joe se puso fuera de su alcance, riendo, y salió del salón. Quise pedirle que no me abandonara.

—Escuché que quizá vayas a la academia —dijo Selena.

—No, si puedo evitarlo —contesté.

—Sí, tal vez te sea difícil aprender un baile mexicano —dijo Selena—. Yo también estaría nerviosa.

—Velo como quieras —dije—. No sabes nada de mí.

—Tu mamá y tú son tan diferentes —continuó—. Supongo que no me sorprende.

Me empezaron a hervir las orejas y de pronto sentí calor por todas partes. Tenía que salir de ahí, lejos de Selena, pronto.

—¿Tú eres como tu papá? —preguntó—. ¿Él es...? Ya sabes.

—No, no sé.

—¿También es un bicho raro?

Me di la vuelta y la dejé ahí parada, sola. No podía creer que mi madre pensara verdaderamente que Selena y yo pudiéramos ser amigas.

Mi mamá estaba cerca de la entrada del edificio, hablando con la señora Hidalgo. Me puse a ver los anuncios que estaban en el pizarrón cerca de la puerta. Había volantes de clubes, el menú semanal de la cafetería, incluso el anuncio de un alumno sobre su negocio de paseo de perros. Y en medio de todo estaba la hoja de las audiciones para el concurso de talentos de la Fiesta de Otoño. Leí la lista de nombres y me encontré el de Selena Ramírez.

En ese momento, Joe se acercó para tomar agua del bebedero.

—¿Cuál es tu talento? —preguntó.

—¿Cuál es el *tuyo*?

Intentó sobar su estómago y tocarse la cabeza al mismo tiempo.

—Con un talento como ese, ¿qué haces aquí? —pregunté y me reí—. Deberías estar de gira.

—Qué hostil —dijo Joe—. Entonces, ¿te vas a anotar?

Le di un golpecito con el dedo al nombre de Selena.

—¿Qué crees que va a hacer ella? —pregunté—. ¿Bailar?

—Definitivamente bailar —dijo Joe—. Es lo suyo.

—¿Tocas algún instrumento? —pregunté.

—Un poco de guitarra, un poco de piano. Pero prefiero las artes visuales —dijo Joe—. ¿Por...?

Tomé la pluma que colgaba de un cordón junto a la hoja y anoté mi nombre en una línea en blanco. Entre paréntesis escribí la palabra *banda*.

—Porque vamos a formar una banda —dije.

CAPÍTULO 16

Estaba mirando cómo las señoras del almuerzo servían la comida en nuestras charolas.

—Son como artistas, ¿no? —preguntó Joe, deslizando su charola por la fila—. Como Jackson Pollock con una red para el pelo.

—¿Quién es Jackson Pollock? —pregunté, aceptando la masa verde que una señora me ofrecía.

—Era un pintor —dijo Joe—. Trabajaba con gotas, salpicando pintura en los lienzos.

—¡Quién hubiera pensado que eras un nerd del arte! —dije.

—Soy un hombre con muchos intereses, ¿sí? Gracias —dijo Joe—. Vamos. Le dije a este tipo, Benny, que nos encontrara en mi mesa de siempre. Si en serio quieres hacer eso de la banda, sería bueno que lo conocieras.

Era tan fascinante ver cómo caía la comida que no me di cuenta de la montaña de cilantro que la señora echó sobre mi guacamole hasta que salí de la fila.

—Genial —murmuré. Su desagradable olor jabonoso llegaba a mi nariz mientras seguía nerviosa a Joe hasta su mesa.

Había estado comiendo en la biblioteca cada vez que el señor Baca me dejaba quedarme. Incluso le había ofrecido acomodar libros cuando terminara de comer. Era una buena manera de evitar a Selena. Además, me sentía rara sentándome sola en la cafetería todos los días.

—Hola, Ben —dijo Joe, saludando con una palmada al niño que estaba en su mesa. Era el niño alto que había conocido en la fila de la cafetería el primer día—. Ella es María Luisa, hermano.

—Malú —lo corregí, y coloqué mi charola frente a Benny—. Hola.

—Fanática de la plasta naranja, ¿eh? —preguntó Benny.

—Sí, supongo —dije, viendo mi porción doble de camote con mantequilla y canela.

—Benny acaba de unirse a la banda de la escuela —dijo Joe—. Hace tiempo tocamos juntos en un grupo de mariachi para niños. No puedo creer que nuestras madres nos obligaran a hacer eso. ¿Recuerdas esos trajecitos que teníamos que usar, hermano?

—Yo todavía los uso, *hermano* —dijo Benny, y le dio una mirada a Joe que decía lo poco que apreciaba sus burlas de la banda infantil de mariachi.

—Qué bueno —dijo Joe—. No es por cambiar el tema, pero María Luisa está formando una banda para el concurso de talentos de la Fiesta de Otoño y le dije que te podría interesar.

—¿Por eso estoy aquí? —preguntó Benny—. Pensé que extrañabas los trajecitos de mariachi y querías regresar a la banda.

Joe sonrió con culpa.

—¿Qué tocas? —pregunté. El estuche negro de su instrumento estaba en el suelo, entre los dos.

—Trompeta —dijo Benny.

—¿Tocas algún otro instrumento?

Sabía que no podía ser limosnera y con garrote, como decía mi mamá, pero tenía que preguntar. Lo que la banda necesitaba era una batería, no una trompeta.

—¿Es en serio? —preguntó Benny, negando con la cabeza.

Había empezado a sacar las minúsculas hojas de cilantro que arruinan todo buen guacamole. Si alguien quisiera torturarme, solo tendría que obligarme a comer cilantro. Mi mamá dice que es por culpa de mis genes mexicanos diluidos que me sabe a jabón.

—Si no las quieres, puedes dejarlas aquí —dijo Benny, señalando su charola.

Arrojé las hojas a su charola con mi tenedor de plástico.

—Las audiciones son la próxima semana —dije—. No tenemos mucho tiempo, así que necesitamos saber ahora.

—En realidad, estaba pensando tocar con algunos de los niños de la clase de música —dijo Benny.

—Anda, viejo amigo —dijo Joe—. Nos serviría tener un músico de verdad como tú.

Joe le hizo a Benny lo que asumí era su cara de perrito triste. Junté mis palmas, implorando, y le sonreí esperanzada. No conocía a Benny, pero en verdad quería formar la banda.

A Benny le parecimos patéticos y subió los hombros.

—¿Cuál es el plan? —preguntó.

—¡Sí! —Joe extendió sus puños para que los chocáramos. Nunca lo había hecho antes, pero Benny chocó uno, así que yo hice lo mismo.

—Bueno, supongo que, para empezar, necesitamos un nombre —dije.

—Ah, ¿qué les parece Los Rudos? —preguntó Joe—. Es bueno, ¿no?

—Ajá —dijo Benny—. Podríamos usar máscaras de luchadores, como las de Mil Máscaras y Rey Mysterio.

—¿Por qué haríamos eso? —pregunté.

—Amiga —dijo Joe, negando con la cabeza—. Los rudos son los malos en la lucha libre.

—Ah —dije—. No sé. Probablemente nos dé mucho calor con esas máscaras.

— Fuego Atómico —dijo Benny, sosteniendo un caramelo picante antes de metérselo en la boca.

—Ese me gusta —dije—. Es punk.

Abrí un cuaderno y anoté los nombres que se nos habían ocurrido.

—¿Manicure Arruinado? —preguntó Joe—. Lo leí en una revista en el dentista. Suena como algo terrible.

—Asco —dije, pero lo escribí de todos modos.

—¿Y qué tal Dorothy y los Monos con Alas? —pregunté—. Como en *El mago de Oz*.

—Y asumo que nosotros somos los monos con alas —dijo Joe.

Benny y él se miraron y arrugaron el entrecejo. Sonreí mientras lo escribía, imaginando a Joe y a Benny con esos sacos y esos sombreritos graciosos.

No pudimos pasar a la siguiente sugerencia porque Selena se acercó con Diana y un par de niños. Todos traían idénticos collares de dulce, incluso los niños. Parecían un grupo de clones que se habían escapado de la fábrica de Willy Wonka.

—Parece que encontraste tu mesa —dijo—. Te lo advertí.

—Siempre dices las cosas más agradables —dije, cerrando el cuaderno.

—Vi tu nombre en la lista para el concurso de talentos —dijo Selena—. Espero que no estés pensando seriamente en presentarte en las audiciones.

—Y si lo estamos, ¿qué? —preguntó Joe.

—¿Estamos? —preguntó Selena—. ¿Tú también, Benny? ¿Vas a tocar tu trompeta?

—Tal vez —dijo Benny con incomodidad.

—Apuesto a que será alguna clase de música rara de cocos, ¿verdad, María Luisa?

Me guiñó un ojo, como si fuera una broma entre las dos. Era la segunda vez que decía algo sobre cocos y no entendía por qué.

—¿Qué vas a hacer tú? —preguntó Joe—. ¿Tu baile matacucarachas de toda la vida?

Selena jaló su collar de dulces y empezó a jugar con él, enredándolo entre los dedos.

—Parece que ya se te olvidó que también te gustaba ese "baile matacucarachas". Antes de que te volvieras un coco —dijo.

—Es cierto —dijo Benny, riéndose—. Joe podía zapatear como si nada.

Joe le pegó a Benny en el brazo.

—Ustedes no son divertidos —dijo Selena, haciendo puchero.

—Vete entonces, Cantinflas —dijo Joe.

Recordé que Cantinflas era uno de los comediantes mexicanos que le gustaban a mi abuelo. Tenía un bigotito curioso, que parecía dibujado con lápiz. Me reí pensando en Selena con un bigote de lápiz sobre la boca.

Selena puso la palma de la mano en la cara de Joe.

—Hasta luego, raritos —dijo, dio media vuelta y se fue con sus amigos.

—¿Por qué permites que te llame coco, María Luisa? —preguntó Joe.

—Ni siquiera sé a qué se refiere —dije—. ¿Un coco?

Joe y Benny se miraron y se echaron a reír.

—Moreno por fuera, blanco por dentro —dijo Benny—. ¿Entiendes?

Sentí que me ardían las orejas. De pronto, la broma tenía sentido.

—Olvídala —dijo Joe, manoteando en su dirección—. Estoy emocionado por lo de la banda. Podemos practi-

car en mi sótano. Mi mamá tiene cosas ahí que probablemente podamos usar, de cuando ella estuvo en una
banda.

—¿No necesitamos un cuarto integrante? —preguntó
Benny—. Hasta ahora somos una banda de tres.

—Yo tocaré la guitarra —dijo Joe—. María Luisa, tú
puedes cantar, ¿no?

—Malú —dije—. Es Malú.

Me hubiera molestado más de no haber sido por la
repentina noticia de que iba a tener que cantar. ¿En qué
me había metido?

—Ajá... supongo —musité.

—Yo puedo tocar el bajo —dijo Benny—. O sea, no sé
cómo, pero tal vez puedo averiguarlo.

—Necesitamos un baterista también —dije.

—Y un nombre y una canción, no te olvides —dijo
Joe.

—Y probablemente algo de talento —añadió Benny.

—Gracias por los recordatorios —dije.

Mordí mi quesadilla, preguntándome si no sería demasiado trabajo para una banda sin nada de experien-
cia.

—Oigan, ¿por qué no molestamos a Selena y nos ponemos Los Cocos? —preguntó Joe.

Benny y él soltaron una carcajada, pero yo lo escribí
en mi cuaderno. Mordí la tapa de la pluma.

—¿Y si en lugar de Los Cocos fuéramos Co-Co's?
—pregunté.

—Estaba bromeando —dijo Joe—. Y no te ofendas,
pero eso suena pésimo.

—No —dije—. No solo es por cocos, sino por las Go-Go's. Ya sabes, esa banda de los ochenta.

Benny y Joe me miraron como si no tuvieran idea de lo que estaba hablando.

—Pregúntale a tu mamá de las Go-Go's —dije, suspirando—. Ella las conoce. De todas maneras, se supone que cocos es un insulto, ¿no? Así que lo usamos a nuestra manera y ya no lo es. Eso es totalmente punk *rock*.

—Como quieras —dijo Joe, subiendo los hombros—. Usemos ese nombre y ya.

—¿En serio? —pregunté—. Te debería importar más. ¡Es el nombre de nuestra banda!

—Como dijiste —continuó Joe—, no tenemos mucho tiempo que perder.

—Me gusta Co-Co's, aunque yo no lo sea —dijo Benny, riéndose.

Miré la pagina del cuaderno y luego a Joe.

—Entonces, ¿somos los Co-Co's?

Ahuecó las manos alrededor de la boca, como un megáfono.

—¡Señoras y señores, junten sus palmas por los Co-Co's!

Todos nos reímos. Teníamos un nombre y, para cuando sonó la campana, un plan para juntarnos en casa de Joe al día siguiente, después de la escuela.

Cuando caminaba hacia mi clase, alcancé a ver a unos pasos de mí el cabello pelirrojo y desordenado de Ellie, con su chaqueta militar cubierta de pines. Se me ocurrió algo y apuré el paso para alcanzarla.

—Hola —dije—. ¿Cómo va tu petición?

—Ah, hola —dijo Ellie—. Va muy bien. Ya tengo ciento trece firmas. Pero creo que puedo obtener más antes de presentársela a la directora Rivera.

—Suena increíble —dije—. ¿Te puedo hacer una pregunta?

—¿Qué pasa?

—¿Tocas algún instrumento?

—Déjame pensar. —Ellie miró hacia arriba, pretendiendo meditar la respuesta—. No... Espera... Miento. Toqué la flauta en quinto grado.

—La flauta, ¿eh? —dije, pensando cómo podía servir eso en la banda—. Bueno, *¿quieres* estar en una banda?

—¿Por qué querría estar en una banda? —dijo, y se rio—. Te acabo de decir que no toco ningún instrumento.

—Esa es otra pregunta —dije—. Olvida lo del instrumento. ¿Banda?

—Eh, no sé —dijo Ellie—. Estoy un poco ocupada.

—Tienes un pin de guitarra en tu mochila, así que te gusta la música, ¿no?

La seguí por el pasillo, aunque íbamos en dirección opuesta a mi siguiente clase.

—Bueno, sí, me gusta la música, pero eso no quiere decir que quiera estar en una banda —dijo, y miró su teléfono—. Lo siento. Voy a llegar tarde.

Sabía que la estaba perdiendo, así que dije lo único que podría hacerla reconsiderar.

—Se vería bien en tu solicitud para la universidad. ¿No?

Ellie se detuvo y me miró como si lo estuviera considerando realmente.

—Estoy organizando una banda para el concurso de talentos —dije—. Necesitamos baterista.

—No sé tocar la batería —dijo y se despidió. Ya estábamos en su salón y se disponía a entrar—. Suerte con tu banda.

—Espera —dije—. ¿Y si te ayudo a conseguir firmas para tu petición?

Ellie se volteó.

—¿Sí?

—¿Yo te ayudo, tú me ayudas? —pregunté.

—¿Cómo te voy a ayudar? —preguntó Ellie—. Por millonésima vez, no sé tocar ningún instrumento.

Pensé en algo que siempre decía mi papá. "¿Tú crees que todos los músicos que han existido tuvieron lecciones formales? Si quieres hacerlo, encuentras la forma", decía.

—Aprenderás —dije—. Nosotros te ayudaremos.

—¿Nosotros?

—La banda —dije.

—¿Para la próxima semana? —Ellie se veía dudosa.

—Ajá —dije—. No te preocupes. ¿Le entras?

Ellie me miró como si estuviera pensando en otra cosa. Quizá en cuál oferta de las universidades de Ivy League aceptaría.

—Está bien. Treinta firmas —dijo—. Eso hará cerca de ciento cincuenta. Entonces tendremos un trato. —Abrió su mochila y sacó su tablilla. Tomé la hoja de firmas que me ofreció.

—¿Solo treinta? —pregunté—. Sin problema.

CAPÍTULO 17

mi mamá estaba sentada en la mesa de la cocina con el conocido despliegue de preparación de semestre. Tenía abierta su laptop y había papeles y libros por todas partes.

—Lo que sea que hagas, no toques los *post-its* —dijo cuando me senté.

Empecé a apilar sus libros por tamaño.

—Ni soñaría meterme con tu sistema, mamá.

—Qué bueno. ¿Qué tal la escuela?

—La escuela es la escuela —dije, acomodando el último libro, el más pequeño, encima de la pila.

Mamá levantó la mirada de la pantalla.

—No me gusta esa actitud —dijo.

—Estoy ayudando a una niña, Ellie, a conseguir firmas para una petición —dije, midiendo mi tono.

—Qué bien —dijo mamá—. ¿Para qué es?

—Menos plastas y más comida real en la cafetería.

—Me da mucho gusto que te involucres, Malú —dijo mamá, ignorando el hecho de que acababa de decirle que la escuela nos alimentaba con amasijos de cosas. Sonrió con alivio, como si el hecho de que ayudara con una petición significara que me estaba acomodando a mi nueva vida y todo fuera bien—. ¿Cómo va Literatura? ¿Qué están leyendo?

Mi mamá y yo no teníamos mucho en común, pero las dos amábamos leer.

—*Los rebeldes* —dije.

—Me encantó *Los rebeldes* —dijo mamá—. Es un gran libro.

—Está bien.

No iba a decirle que estaba mucho más que bien. Que comprendía la forma en que Ponyboy sentía que desentonaba muchas veces.

—¿Hay autores de color en tu lista de lecturas?

—¿De qué color? —pregunté—. Tal vez haya algún autor morado.

—Muy graciosa.

Subí los hombros. Sabía que estaba poniéndola de malas. Mi mamá enseñaba literatura latina de Estados Unidos en el departamento de Literatura, lo que significaba que los "autores de color" eran uno de sus superpoderes mexicanos.

—Debería haber —dijo—. Estamos en una de las ciudades más diversas del país.

Solté un ronquido fingido.

—¿Tienes que ser tan quejumbrosa? —preguntó mamá, juntando sus cosas—. Me da gusto que estemos aquí y que estés rodeada de gente de todos los orígenes. Sin mencionar el español que escuchas y estudias en la escuela. Espero que se te pegue un poco.

—¿Para qué? —pregunté—. ¿Para que deje de ser un coco raro?

No quise decir lo del coco, pero se me salió antes de que pudiera detenerme.

—*Quiero decir*, para que tal vez quieras hablarlo —dijo mamá, cerrando su laptop—. ¿Y qué es eso del coco?

—No es nada —dije—. Y, para tu información, puedo hablar español. Solo que *elijo* no hacerlo.

—Pues me da pena —dijo—. Quisiera que pensaras en el español como parte de ti, es todo.

—Te refieres a la persona que quisieras que fuera.

—Odio que estemos teniendo esta conversación cuando me tengo que ir a clase, Malú —dijo mamá, mirando su reloj antes de darme una mirada de madre preocupada—. Sigamos hablando más tarde, ¿sí?

Hablar de eso después no estaba en mi lista de pendientes. ¿Qué sabía mi mamá de la vida de los cocos?

—¿Algo más de la escuela que deba saber? —preguntó, mientras guardaba sus libros en un bolso grande de tela.

Ese era el momento de contarle sobre la banda y el concurso de talentos, pero sabía que no podía hacerlo. Iba a ser una cosa más con la que no estaría de acuerdo.

—No —dije—. Nada.

—Hay quiche en el refrigerador y le dije a la señora Oralia que estarías aquí sola.

—Mamá, puedo cuidarme —dije—. Además, la señora Oralia tiene como cien años. Yo debería cuidarla a ella.

—Es muy lindo que te ofrezcas ir a verla —dijo mamá—. Seguro le encantará la compañía.

—No me ofrecí —dije, siguiendo a mamá hasta la puerta.

Mi mamá sonrió y me besó en la frente.

—Ah, antes de que se me olvide —dijo—. Nos apunté para la clase introductoria de danza el sábado en la mañana.

—No hablas en serio —dije.

Mi corazón latía como si tuviera un pájaro atrapado adentro, intentando salir desesperadamente.

—Por supuesto que sí —dijo mamá—. Te lo dije en la reunión de regreso a clases, ¿recuerdas?

—No —dije, negando con la cabeza—. Me dijiste que lo pensara.

—Bueno, le dije a la señora Ramírez que vamos a ir —dijo—. Será divertido. Ahora cierra cuando salga.

El pajarito en mi corazón dejó de batir las alas. Sabía que no había discusión. Iba a ser una aventura cultural de la que no podría escapar.

Cuando mamá se fue, saqué mi cuaderno y traté de pensar en algunas canciones para el primer ensayo de la banda. Si entrábamos en el concurso de talentos, tendríamos que tocar delante de toda la escuela, de nuestros padres y de Selena. No teníamos una canción ni un baterista real. Yo ni siquiera podía cantar frente a un micrófono en una tienda de discos. ¿Cómo íbamos a tocar como banda?

Tuve la sensación de estar en una montaña rusa, ya con el cinturón, sabiendo que era demasiado tarde para bajarme. Todo lo que podía hacer era cerrar los ojos, agarrarme bien y esperar a que terminara. Así que llamé a papá, porque sabía que al menos él podía bajar la velocidad de la montaña rusa.

—Las canciones de los Ramones son fáciles —dijo. Como siempre, mi papá tenía todas las respuestas. O al menos algunas de ellas—. Además, todos estarán tan hipnotizados por la cantante principal que ni siquiera prestarán atención a si la banda es buena o no.

—No sé —dije—. Nunca he cantado para el público.

—Estoy orgulloso de ti por probar algo que te da miedo.

—Papá —dije—, ¿sabes lo que es un coco?

—Solo sé que es el ingrediente clave en mi dulce favorito —contestó—. ¿Por qué?

—No. Si alguien te llama coco —comenté—. Significa que eres moreno por fuera y blanco por dentro.

Le conté sobre el nombre de la banda.

—Es muy astuto —dijo papá—. Y subversivo. Funciona.

—Supongo.

—¿Cuál es el problema entonces?

Pensé en su pregunta. ¿Cuál *era* el problema? ¿Por qué me molestaba tanto que Selena me llamara coco?

—No sé —dije—. Me hace sentir como si estuviera mal ser como soy.

—No tiene nada de malo ser como eres, Malú —dijo papá—. No puedes permitir que te moleste lo que la gente piense de ti; de lo contrario, nunca serás feliz.

Convertir un insulto en algo que asimilas es una buena forma de empoderarte.

—Sí, que digan lo que quieran —murmuré, aunque no me sentía muy poderosa en ese momento.

—Y, en cuanto a la danza, heredaste mi ritmo, así que la clase será pan comido.

—Eres un pésimo bailarín, papá.

—Exactamente. ¡Pisa los dedos de tu madre durante una hora y esa será tu última clase de baile!

—Buen plan —dije riendo.

—Además, llegar y hacer el esfuerzo te ayudará —agregó—. Es menos probable que tu mamá te moleste si al menos lo intentas.

—Tienes razón —dije.

—Oye, ¿ya fuiste a la tienda de discos que te dije? —preguntó.

—Todavía no. Pero iré pronto.

No pude decirle que habíamos estado cerca y preferí no entrar porque era muy difícil. Sabía lo que me iba a decir: "no hacer algo porque es difícil *no es* punk".

Levanté mi almohada y conté las muñecas quitapenas. Todas presentes y a la orden.

—Los punks no bailan —les dije antes de colocarles la almohada encima otra vez.

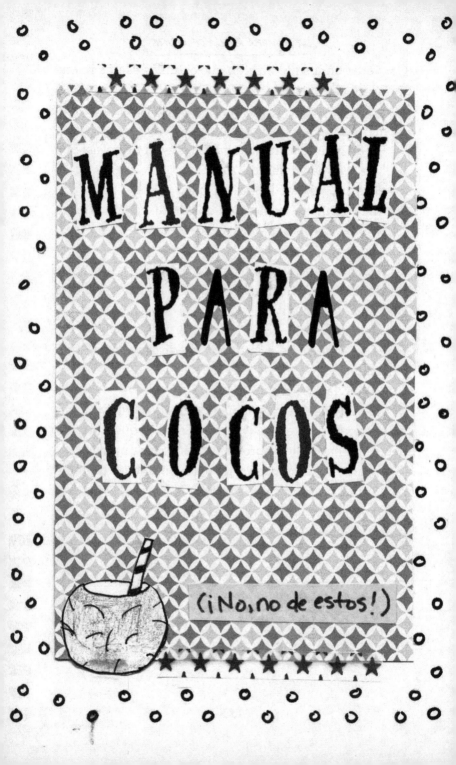

MANUAL PARA COCOS

(¡No, no de estos!)

Bienvenido al manual OFICIAL para <u>cocos</u>.

Un "COCO"

es un nombre horrible para alguien que no cumple con ciertas expectativas. Significa que eres

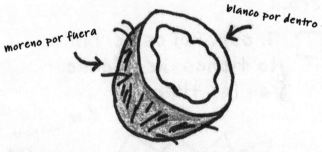

moreno por fuera

blanco por dentro

Ridículo, ¿verdad? ¿Qué significa eso realmente? ¿¡Por qué no solo podemos

SER!?

Puedes ser un coco si...

☐ Te encuentras dentro de un dulce delicioso.

DARK CHOCOLATE
Mounds
COCONUT

O si eres moreno por fuera, pero...

☐ Tu español es terrible. No tienes idea dónde van las tildes.

esta cosita

¡incorrecto!

¡No problemo!

esta cosita

COCO

COCO   COCO   COCO   COCO ?

☐ La comida picante
hace que saques
fuego por la boca.

¡No!

☐ El cilantro te sabe
a jabón.

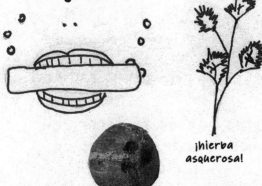

¡hierba
asquerosa!

Si estos puntos te describen,
entonces puede que seas un...
¡COCO!
(comienza la música dramática)

¡Preguntas Que Puedes Escuchar Muy Seguido!

- ☐ ¿Qué eres?
- ☐ ¿De dónde eres?
- ☐ ¿Por qué nunca hablas español?

- ☐ ¿Por qué no te gusta _____?
- ☐ ¿Qué clase de persona _____ no come _____?

O sea, ¿¡_QUÉ_ eres!?

¡FELICIDADES!

Oficialmente eres
miembro de

LA HERMANDAD
DE
LOS COCOS

Recorta tu carnet de membresía
y muéstralo en los restaurantes
para que no tengas que
avergonzarte pidiendo que
no le pongan cilantro a la
comida.

LA HERMANDAD
DE
LOS COCOS

destructor de tacos

enemigo del guacamole

_____
(tu nombre)

NUNCA

_____
(expira en)

MEMBRESÍA

CAPÍTULO 18

La casa de Joe era de ladrillo y tenía dos pisos y un pequeño jardín sin enrejar. Antes de tocar el timbre, le envié un mensaje a mi mamá recordándole que iba a estar con Joe. Le había dicho que estábamos trabajando en un proyecto para la escuela, lo que técnicamente era verdad. La señora Hidalgo abrió la puerta. Llevaba una playera y un delantal rosa arrugado encima de sus *jeans*. El delantal era del mismo color que el mechón rosa de su cabello.

—Malú, pasa —dijo—. Qué bueno verte otra vez.

—Hola, señora Hidalgo —dije.

El aroma dulce de la vainilla y el azúcar pulverizado llenaba el ambiente de la casa de los Hidalgo. Imaginé que así olía la casa de jengibre donde entraron Hansel y Gretel: deliciosa y tentadora. Pero, a diferencia de la casa del bosque, el hogar de los Hidalgo se sentía seguro. No había peligro alguno. A menos que contara la posibilidad de que mi plan para formar una banda se hiciera pedazos por completo.

—Adelante. Deja tu mochila —dijo la señora Hidalgo—. Joe está muy emocionado con lo de la banda.

—Yo también —admití.

—Bueno, le ofrecí mi ayuda a Joe si es que los Co-Co's me necesitan.

—Gracias —dije—. Estoy segura de que necesitaremos ayuda.

—Estoy horneando, pero ya casi termino. Échenme un grito cuando quieran —dijo—. Están en el sótano; la primera puerta del pasillo.

Mientras bajaba las escaleras, mi estómago brincaba como un pez fuera del agua. ¿Y si la banda era un fracaso rotundo? ¿Y si no encontraba el valor para cantar? ¿Y si Ellie decidía no venir después de todo? Le había dejado una nota en su casillero con la dirección de Joe.

—Ey, Malú —dijo Benny cuando llegué al pie de la escalera.

Para mi sorpresa, Ellie ya estaba ahí. Estaba sentada con Joe y Benny en el piso alfombrado. Vi una batería armada y guitarras eléctricas y acústicas. También había cajas llenas de discos contra una pared. Sentí que estaba en la casa de mi papá, de vuelta a mi hogar.

—Ah, genial, estás aquí —dije, intentando no sonar demasiado aliviada.

—Sí, yo tampoco puedo creerlo —dijo, negando con la cabeza.

—¿Se conocen? —pregunté, mientras sacaba la petición de mi mochila.

—Ahora, sí —dijo Joe.

—Benny está en mi clase de ciencias —añadió Ellie—. Ahora entrégame mis treinta firmas.

Tomé la hoja y la puse sobre sus palmas extendidas.

—Eh... son más bien veintisiete —dije—. ¿Está bien? Porque te necesitamos en serio.

Había logrado conseguir todas esas firmas pidiéndole al señor Baca que me dejara pegar la hoja en el mostrador de préstamos en la biblioteca.

Ellie revisó los nombres. Esperé, temiendo que dijera que no y se fuera.

—Está bien —dijo, añadiendo la hoja a su tablilla—. ¿Ustedes dos ya firmaron? —preguntó extendiéndoles la hoja a Benny y a Joe.

—Sí, dos veces —dijo Joe, riéndose.

—Solo cuenta una firma —dijo Ellie, arrugando el entrecejo.

Joe subió los hombros.

—Entonces, ¿contamos contigo? —pregunté.

—Seguro —dijo Ellie—. No sé tocar la batería, pero tengo mis propias baquetas. Le pedí a mi mamá que me llevara a comprarlas. Tengo muchas ganas de usarlas.

Ellie sacó las baquetas de su mochila y nos las enseñó.

—Espera, ¿nos trajiste una baterista que no sabe tocar la batería? —preguntó Joe.

—La esencia del punk *rock* es hacerlo uno mismo —dije—. Significa que eres autodidacta y aprendes a tocar un instrumento tú solo. —Le sonreí a Ellie. En el fondo, estaba feliz de tener a otra niña en la banda—.

Mira algunos videos, escucha muchas veces la canción y podrás tocarla antes de lo que te imaginas.

—Estás loca, María Luisa —dijo Joe, negando con la cabeza.

Le hice una mueca a Joe.

—Además, mi papá dice que las canciones de los Ramones son fáciles de tocar —dije—. Escuchen esto.

Abrí una canción en mi teléfono y presioné *play*. Cuando terminó, todos me miraron como si estuviera loca de verdad.

—Eso no suena fácil —dijo Ellie.

—Tu mamá se ofreció a ayudarnos —le dije a Joe—. ¿Podrías preguntarle?

—Ah, no, le gustaría demasiado —dijo—. Ni hablar, amiga.

—Ay, anda —le rogué—. Necesitamos ayuda.

—Entonces ve tú y pregúntale.

—Está bien, lo haré.

Me levanté y subí las escaleras. Escuché el sonido de un golpeteo metálico y encontré a la señora Hidalgo en cuclillas frente al horno, sacando una charola de galletas con una mano enguantada.

—Huele muy bien aquí —dije.

—Estoy haciendo polvorones veganos. Galletas mexicanas de boda —dijo señalando una charola sobre la barra—. Prueba una.

Levanté un polvorón y lo mordí.

—¿Qué tal?

—Está rico —dije, recargándome en la barra—. Creo que ya los había probado antes, pero no veganos.

—Intento ampliar la oferta del café —dijo.

—¿Le ayudo? —pregunté.

—No rechazo la ayuda, pero ¿no te necesitan en el sótano?

—En realidad vine por usted —dije, y le sonreí nerviosa—. Necesitamos *su* ayuda.

—De acuerdo, entonces, ¿qué te parece si me ayudas a terminar esto? Rueda cada galleta por el azúcar pulverizado. Luego colócala en la charola para galletas —dijo y puso un tazón de metal lleno de azúcar que parecía nieve frente a mí.

Abrí el agua caliente y me lavé las manos.

Mientras trabajábamos, intenté detallar los tatuajes de sus brazos sin ser demasiado indiscreta. En el antebrazo derecho tenía un ramo de flores rosas y naranjas que parecían esferas de pétalos pequeñitos, como si las hubieran dibujado con un espirógrafo, repitiendo el patrón de petalitos una y otra vez. Debajo, en la muñeca, tenía dos conjuntos de iniciales escritas en letra de molde negra dentro de un corazón anatómico. En el otro brazo tenía la imagen de una niña.

Se parecía a Pippi Longstocking, pero las trenzas que se elevaban a ambos lados de su cabeza eran negras. En lugar del rostro blanco y pecoso de Pippi, la niña del tatuaje tenía la cara morena y redonda, labios gruesos y nariz ancha. Me recordaba un poco a una de esas inmensas cabezas olmecas. Llevaba mallas rayadas, como Pippi, y lo que parecía un vestido mexicano bordado, como los que tiene mi mamá. Tenía cinturones cruzados en el pecho.

—¿Se supone que es Pippi Longstocking? —pregunté.

—El tatuaje es de la Pippi —dijo la señora Hidalgo mirando su brazo.

—Se ve como Pippi Longstocking, pero no.

—Cuando era niña estaba tan obsesionada con los libros de Pippi Longstocking, que un año decidí vestirme así para Halloween. Me puse una peluca roja y calcetas disparejas con zapatos muy grandes. —La señora Hidalgo sonrió, recordando su disfraz—. Mi mami me hizo un vestido de retazos, aunque no tenía idea de quién era Pippi Longstocking. Incluso me pinté pecas en la nariz. Me lucí.

—He leído esos libros —dije—. Es una idea genial para un disfraz.

—Yo también lo creía —dijo la señora Hidalgo—. Hasta que una de mis amigas se rio de mí.

—¿Por qué? —pregunté.

—Le pareció gracioso que Pippi fuera blanca y, bueno, obviamente yo no.

—Pero era Halloween —dije—. El punto de disfrazarse es que puedes ser cualquier cosa.

—Exacto, ¿no? —dijo—. Tenía nueve años y nunca se me había ocurrido que no podía ser Pippi o cualquier otra persona. No solo en Halloween, sino todo el tiempo.

La señora Hidalgo acomodó con cuidado las galletas azucaradas en un contenedor.

—Así que dibujé este personaje estando en la universidad, para acordarme de no permitir nunca que otros decidan lo que puedo ser —dijo—. Es Pippi, con un giro mexicano.

—Me gusta —dije—. ¿Y ayuda? Digo, ¿a recordarle?

—Aunque no lo creas, sí.

—Eso es genial —dije, rodando el último polvorón.

—Bueno, m'ija, ya te ganaste tus galletas —dijo la señora Hidalgo—. Gracias por la ayuda.

Se limpió las manos en el delantal y colocó algunas galletas en un plato.

—Llévales estas a la banda, ¿sí? Bajaré en un momento.

—Gracias —dije—. Fue divertido.

Tomé las galletas y me dirigí hacia el sótano, lista para comenzar nuestro primer ensayo oficial como banda.

~

—Ya era tiempo —dijo Joe cuando me vio bajar—. Benny pudo haber aprendido a tocar el bajo cinco veces.

—Tranquilo, traje galletas —dije—. Y a tu mamá.

Puse el plato en el suelo. Benny se abalanzó sobre él.

—Estas galletas tienen un sabor... interesante —dijo Ellie, mordiendo una y estudiándola con cuidado.

—Si no te la vas a comer, dame —dijo Benny.

Le arrebató de la mano el resto de la galleta. Ellie intentó quitársela.

—¡Oigan, párenle! —dijo Joe—. Van a romper algo, tontos.

—Lo siento —dijo Benny.

Ellie y él intentaron limpiar las migajas que se habían caído.

Cuando la mamá de Joe bajó, empezamos oficialmente el ensayo. Mi trabajo era reescribir parte de la letra de "Blitzkrieg Bop" y deshacerme del "contenido cuestionable", como sugirió la señora Hidalgo. Así que la convertí en "Back to School Bop". Se trataba de una presentación en la escuela, después de todo. Pero, más que nada, me dediqué a mirar a la señora Hidalgo yendo de Ellie a Benny y a Joe, ayudando a cada uno con su parte. Les enseñó acordes, dónde poner las manos, qué parte de la batería golpear y cuándo hacerlo. Era como una súper maestra de música punk *rock* que olía bien. Me sentí celosa de que Joe la tuviera como mamá, y verlos juntos me hizo extrañar a mi papá todavía más.

Joe y Benny tocaron hasta que les empezaron a salir ampollas en los dedos. Ellie parecía comprender realmente lo que implicaba marcar el ritmo. Era como si hubiera descubierto un talento que no sabía que tenía. Para mí tenía sentido. Tenía la impresión de que era esa clase de niñas determinadas a hacer bien todo lo que intentan.

La tarde pasó volando y, cuando finalmente miré mi teléfono, ya habían pasado las cinco.

—Tengo que irme —dijo Benny—. Gracias por la ayuda, señora H.

—Cuando quieras, Benny —contestó la señora Hidalgo—. Es bueno verte con Joe otra vez. Solían ser muy cercanos.

—Sí, fue divertido —dijo Benny, y chocó su puño con el de Joe.

—Necesitamos practicar todos los días hasta la audición —dije—. ¿Está bien?

Benny asintió y nos extendió los puños a Ellie y a mí, y los chocamos también.

—Definitivamente necesitamos practicar —dijo Ellie, detrás de Benny—. Por si no lo habías notado.

—Oh, lo notamos —dijo Joe. Agitó los brazos, exagerando los movimientos de un baterista—. Nos vemos, Sheila E.

—¿Quién es Sheila E.? —preguntó Ellie.

—Una de las mejores bateristas que ha habido —dijo la señora Hidalgo.

Ellie le mostró los dos pulgares y sonrió.

—Yo también debo irme —dije, dirigiéndome hacia las cajas de discos.

—Ten mucho cuidado con esos —dijo Joe. Miró hacia la señora Hidalgo, que estaba colocando un acorde en la guitarra, y susurró amenazadoramente—: O te matará.

—Sé cómo tomar un disco —dije. Mirar los álbumes me hacía pensar en Spins & Needles—. Crecí en una tienda de discos.

—Qué triste —Joe hizo una mueca como si estuviera a punto de llorar.

—No seas grosero, José —dijo la señora Hidalgo con tono de advertencia—. Malú, quiero que me cuentes sobre eso después, pero ahora escucha algo. ¿Podrías sacar The Brat de entre los discos, por favor?

Moví mis dedos entre las B para buscar el álbum. Después de Bad Brains y antes de Best Coast estaba Lola Beltrán, la señora con pestañas de araña que se lamentaba. Era curioso cómo parecía estar en todas partes. Todavía no había escuchado el CD que me había prestado la señora Oralia.

Seguí buscando hasta que vi The Brat. Solo había un disco y reconocí la portada que había visto en la pared del Calaca. La foto de la banda, en blanco y negro con un fondo rojo y naranja, tenía un estilo punk ochentero. El nombre de la banda estaba escrito en la parte de arriba, con letras extrañas con una *R* al revés. Abajo estaba el nombre del álbum, *Attitudes*, escrito en letra de molde blanca, visible contra el negro de las camisas de los hombres. Saqué el disco y se lo entregué a la señora Hidalgo.

Le quitó la funda de cartón, lo puso en un tocadiscos y colocó con cuidado la aguja en el vinil. Escuché el sonido rasposo familiar, mi favorito, y luego comenzó a sonar la primera canción.

Empezaba con un ritmo de reggae en la guitarra, esa melodía de staccato movida que me hacía pensar en la playa. Luego entraba la batería con muchos platillos y, finalmente, la voz de una mujer, parecida al chocolate caliente que preparaba mi mamá en invierno: espesa, cálida y fuerte. La canción pasaba del reggae al punk suave y no pude evitar moverme con el ritmo. Está bien, tal vez los punks *sí* bailaban.

—Es increíble —dije—. ¿Quién es?

Levanté la funda del álbum y estudié la foto de la mujer cuya voz sonaba a través de las bocinas.

—Es Teresa Covarrubias —dijo la señora Hidalgo—. The Brat fue una banda de Los Ángeles a principios de los ochenta.

—Es tan radical —dije.

—Y son chicanos, mexicanoamericanos —dijo la señora Hidalgo—. Como nosotros.

Como nosotros. Repetí las palabras en mi mente. La canción siguiente era otra melodía rápida de punk pop con ritmo de reggae.

—Las voy a dejar con su festival de música nerd —dijo Joe—. Nos vemos, María Luisa.

—Acompáñala a su casa, Joe —dijo la señora Hidalgo—. Por favor.

—¿Tengo que hacerlo? —se quejó.

—Te quemaré un disco, Malú —dijo la señora Hidalgo, ignorando a Joe—. Tienes que conocer todo lo que el punk puede ofrecer, no solo lo básico. Y tienes que conocer la influencia de nuestra gente en el género. Es parte de tu historia.

—Gracias, señora H —dije, y seguí a Joe escaleras arriba, todavía escuchando la música en mi cabeza y a la señora Hidalgo diciendo "como nosotros". Lo más seguro es que no supiera que soy un coco al que ni siquiera le gusta el cilantro.

—Tu mamá es genial —le dije a Joe mientras caminábamos de regreso a mi edificio—. No sabes la suerte que tienes.

—Me cae bien —dijo—. Es un poco rara, pero...

—Yo ni siquiera le he dicho a mi mamá de la banda.

—¿En serio? —preguntó Joe—. ¿Por qué no?

—No le va a gustar la idea —dije—. De todas maneras, no tiene por qué saberlo. Es feliz con que saque buenas calificaciones y no me queje por estar aquí.

—Si tú lo dices —comentó Joe, poco convencido.

—Ensayamos mañana en tu casa, ¿verdad? —pregunté.

—Ajá —dijo Joe—. Mañana y siempre, al parecer.

Pensé en lo que había dicho la señora Hidalgo, que era importante conocer mi historia. Mi mamá me había dicho lo mismo cuando quiso contarme sobre Posada. Pero la historia de la que hablaba mi mamá era completamente distinta a la historia de la señora Hidalgo, ¿no es así?

CAPÍTULO 19

¿Eso es lo que te vas a poner?

Mi mamá parecía un disco rayado con esa pregunta. Miró el uniforme de escuela católica con cuadros azules y verdes que traía puesto. Lo encontré en una de mis excursiones a las tiendas de segunda mano con papá. Me lo puse con una playera blanca de Spins & Needles Records, calcetas largas de rallas azules y mis Chucks de lentejuelas. Era mi traje de Dorothy punk.

—Vas a necesitar algo cómodo, con lo que te puedas mover bien.

—¿Así? —pregunté, saltando y corriendo en el lugar, levantando las rodillas tan alto como podía.

Mamá suspiró.

—¿No crees que es tiempo de que empieces a comportarte y a vestirte como una señorita?

—Estoy usando un vestido —dije, y le hice una reverencia—. Eso hacen las señoritas.

Su expresión me dijo que mi atuendo no era lo que tenía en mente.

Aun cuando mi mamá pensaba que era "muy grosero", me puse los audífonos en el tren. Podía arrastrarme a la fuerza, pero al menos no iba a tener que hablar con ella.

La escuela de danza estaba en un edificio enorme, parecido a un almacén, donde también había otros negocios. La puerta tenía pintado ACADEMIA DE BAILE RAMÍREZ en letras doradas. Abajo, en letras más pequeñas, decía ACADEMIA DE DANZA TRADICIONAL MEXICANA DESDE 1998. Mi mamá abrió la puerta y nos recibió el sonido de tacones que golpeaban contra el piso de madera.

Selena y un niño un poco más grande que nosotras dejaron de bailar. Eran las únicas dos personas allí, además de la mamá de Selena. La señora Ramírez sonrió al vernos. Apagó la música que todavía estaba sonando y caminó hacia nosotras.

—Magaly y María Luisa. —Nos abrazó a ambas—. Me da mucho gusto que hayan venido. Este es mi hijo, Gael, y ya conocen a Selena.

Ambos se acercaron haciendo clip clop, como si fueran caballos.

—Selena, dale un par de zapatos a María Luisa —dijo la señora Ramírez—. Se van a divertir.

"¿A quién?", pensé.

—Sí, mami —dijo Selena—. Vamos, *María Luisa*.

—¿Zapatos? —pregunté, mirando a mi mamá.

—Los que traes no servirán —dijo la señora Ramírez, señalando mis tenis—. Necesitas algo con tacón duro para hacer un poco de ruido.

La señora Ramírez plantó sus zapatos negros y lustrados contra el suelo, y mi mamá se rio asustada.

—No creo que tengamos nada que quede con tu atuendo —dijo Selena mientras caminábamos hacia una pared de estantes llenos de zapatos que me recordó a un boliche—. ¿De qué talla?

—Qué graciosa —dije.

Los estantes estaban llenos del tipo de zapatos que nunca usaría voluntariamente. Tenían hebillas y tacón, y yo no me llevaba bien con los pantalones cortos.

Selena me entregó un par de zapatos de mi talla en color café, rayados, y regresó con nuestras mamás. Me cambié los zapatos y los nuevos también hacían clip clop cuando me acerqué a una vitrina llena de listones, bandas, certificados, trofeos y placas. Algunas eran para la Academia de Baile Ramírez, pero muchos tenían el nombre de Selena o Gael. También había fotos de los bailarines Ramírez, la mayoría de Selena y su mamá.

—Caramba —dijo mamá—. Es muy buena, ¿no?

La señora Ramírez asintió con orgullo.

—Su hermano y ella han estado bailando desde pequeños —dijo—. Gael, ven. ¿Por qué no les muestran el baile que harán en el desfile del día de la Independencia de México? Tenemos un carro alegórico donde cada año se presentan nuestros bailarines.

Selena puso los ojos en blanco. Se veía molesta cuando se volteó para ir con su hermano. Pero cuando se puso en posición su mueca dio paso a una gran sonrisa, y las orillas de sus ojos se arrugaron.

La música sonaba como pequeñas campanitas y otros instrumentos de cuerda. Selena y su hermano zapateaban hacia adelante y hacia atrás, y de un lado a otro. Selena levantaba y ondulaba su falta tan rápido que mareaba, y todo el tiempo mantuvo la sonrisa en la cara. Joe tenía razón sobre la matanza de cucarachas. Ningún insecto que tuviera la mala fortuna de estar debajo de sus zapatos podría sobrevivir.

Con el rabillo del ojo vi a mi mamá meneándose en su lugar, sonriendo, como si quisiera unírseles y bailar también. Quizá estaba pensando cómo sería tener una hija como Selena.

Cuando la música se detuvo y el baile terminó, mi mamá empezó a aplaudir. Me pegó con el codo para que hiciera lo mismo y palmé las manos un par de veces.

—Sorprendente —dijo mamá—. Fue hermoso.

Si su expresión pudiera ser un emoticón, hubiera tenido el de la carita sonriente con corazones en los ojos. Selena y su hermano le agradecieron al unísono. Gael se puso los tenis, se despidió y se fue de prisa. Suertudo.

—Bueno, les vamos a mostrar algunos pasos básicos, ¿de acuerdo? —preguntó la señora Ramírez—. Selena, trabaja con la señora Morales y yo voy a ver si puedo ayudar a María Luisa a encontrar un poco de ritmo.

Selena se echó a reír como la Bruja Mala del Oeste.

—Suerte con eso, mami —dijo, llevándose a mi mamá del brazo.

—Una buena maestra inspira, Selena —le dijo su mamá, tomando mi mano.

Zapateó con ritmo y yo intenté seguirla, pero mis pies se sentían anclados, como si usara los zapatos inmensos de Frankenstein.

—Solo relájate —me aconsejó la señora Ramírez, sacudiendo los brazos como si volara con el viento—. Mira, tu mamá ya pudo.

Miré hacia mi mamá, que estaba riéndose mientras zapateaba y se contoneaba como si fuera el día más feliz de su vida. Mientras, yo me sentía como el Hombre de Hojalata bajo la lluvia, oxidado y necesitando desesperadamente un poco de aceite en las articulaciones. Intenté pensar en cómo me sentía en los conciertos de punk cuando la música se apoderaba de mí y me movía sin que me importara que me juzgaran. Pero no estaba en un concierto de punk y me sentía ridícula. Así que durante la siguiente hora hice lo que me aconsejó mi papá, simplemente lo intenté. De todas maneras, cuando la señora Ramírez se movía hacia la izquierda yo iba hacia la derecha. Sin importar cuánto intentara seguirle el paso, no podía. ¿Cómo lo hacía Selena?

—Ha sido una de las cosas más divertidas que he hecho en mi vida —dijo mamá cuando terminó la clase de baile. Su rostro estaba encendido y se le habían soltado mechoncitos de su chongo.

—Lo hizo fantástico. Tú también, María Luisa —dijo la señora Ramírez y me dio una palmada de consolación en la espalda.

—Sí, claro —murmuré.

—En dos semanas comenzamos nuestra siguiente sesión, si quieren inscribirse —dijo la señora Ramírez.

—Ay, sí —dijo mamá, asintiendo.

La miré con terror.

—Déjeme traerle un folleto para que vea lo que ofrecemos —dijo la señora Ramírez—. Puede registrarse en línea o hacerlo cuando venga a la primera clase.

Se fue hacia la oficina y Selena la siguió de cerca.

—Mamá, no voy a hacer toda una sesión —le susurré desesperada.

—No te preocupes —dijo—. No te voy a obligar a hacerlo. Me da gusto que lo intentaras por lo menos.

—Bien —dije, sintiendo que por fin podía respirar—. Voy por mis zapatos.

No podía esperar para salir de ahí e irme a ensayar con la banda.

Fui hacia la estantería y me senté en una silla junto a la oficina para ponerme los tenis tan rápido como me fuera posible. Si no me apuraba, mi mamá podía cambiar de opinión e inscribirme en las clases.

Desde donde estaba, pude escuchar a Selena y a su mamá hablando en la oficina.

—¿Qué es esto? ¿Es como Riverdance? —preguntó la señora Ramírez.

—Es danza irlandesa, mamá —dijo Selena.

—Pero tú no eres irlandesa. ¿Por qué quieres aprender una danza irlandesa?

—Se ve bien —dijo Selena—. Es como... como huapango irlandés.

La señora Ramírez se rio.

—Es la tontería más grande que he oído. No tienes tiempo, Selena.

—Te prometo que no estorbará con mis horas de danza aquí —imploró Selena.

—Ya dije que no —respondió la señora Ramírez, agitada—. Además, sabes que esta época del año es muy movida, con el Día de la Independencia, el Día de Muertos, las Posadas. Ya tenemos demasiados compromisos.

—Pero, mami...

—No. Vamos, anda —dijo la señora Ramírez, interrumpiéndola—. Nos están esperando.

—Sí, mami —dijo Selena.

Me agaché más, pretendiendo no verlas salir de la oficina. Selena arrugó un papel y lo tiró en la basura mientras se dirigía hacia mi mamá. Cuando la señora Ramírez empezó a explicarle el folleto a mamá, metí la mano en el bote de basura y saqué el papel que Selena había tirado. Cuando lo extendí, vi que era un volante para una clase de danza en el centro cultural del vecindario. Guardé de prisa el papel en mi bolsillo y fui a alcanzar a mi mamá, que ya estaba despidiéndose de la señora Ramírez en la puerta.

—¿Estás segura de que esa es tu mamá? —preguntó Selena, asegurándose de que no pudieran oírnos—. Ella se mueve, pero tú pareces una muñeca de trapo.

Se rio, cacareando como la Bruja Mala. Había empezado a sentirme un poco mal por ella después de escuchar a la señora Ramírez acribillarla por las clases de danza irlandesa, pero su actitud me hacía difícil tenerle simpatía.

—Tienes razón —dije—. Me serviría ponerle un poco más de energía a mis pasos. Quizá un poco de energía *irlandesa*.

Selena me miró como si intentara perforar mi cabeza.

—Vámonos —dijo mi mamá desde la puerta.

—Nos vemos en la escuela —le dije a Selena con una media sonrisa.

Al principio me sentí muy bien por no dejar que me hiciera sentir mal, aun si mi broma sobre la energía irlandesa había sido un poco cursi. Pero luego empecé a pensar que el hecho de que su mamá no la dejara bailar se parecía mucho a mis escapadas con la banda, temiendo que mamá no me dejara. Podía comprender cómo se sentía al querer hacer algo tanto y no poder realizarlo, aun si no podía entender por qué querría pasar de un zapateado a otro. Era como en *Los rebeldes*, donde Ponyboy y Cherry Valance eran de mundos completamente distintos, pero se comprendían, al menos de cierta forma. Intenté convencerme de que los punks no sienten culpa por darle una cucharada de su propia medicina a la gente maliciosa, pero para cuando llegamos a casa me sentía todavía más miserable por mi broma.

CAPÍTULO 20

Cuando por fin llegó el día de las audiciones, estábamos tan preparados como era posible. Habíamos practicado a diario, a veces con la ayuda de la señora Hidalgo, y habíamos visto un montón de videos de los Ramones. Practiqué cantando en la regadera tantas veces que mi mamá dijo que no sabía qué iba a hacer si escuchaba "esa canción" una vez más. Sabíamos que no íbamos a sonar perfecto, pero ya tendríamos tiempo para trabajar la canción una vez que entráramos en el concurso.

A pesar de nuestro trabajo, todo pareció salir mal ese jueves en la tarde, parados frente a la directora Rivera, el señor Jackson y la señora Larson, la maestra de música. Cuando estábamos montando todo, Joe se dio cuenta de que había dejado el cable de su guitarra en el casillero y tuvo que ir por él, recortando el tiempo que nos habían dado. Ellie marcó el ritmo, pero los tres empezaron a tocar sus instrumentos a destiempo, así que tuvimos que volver a empezar. Lo peor de todo fue cuando tuve que cantar. Abrí la boca, pero no salió nada. Sentía la lengua pegada al paladar, y por más que lo intentaba no podía despegarla. Cuando finalmente lo hice, sonaba como si estuviera croando la letra. Al menos, la parte que podía recordar. Pero croar parecía funcionar de maravilla con los sonidos rasposos y desiguales que salían de los instrumentos a mis espaldas.

A mitad de la canción sentí que por fin logramos estar en sincronía. Me ardían la cara y las orejas. Tenía un nudo en el estómago y todo lo que podía hacer era aferrarme al micrófono, pero por lo menos ya no estaba croando. Cuando terminamos, el señor Jackson y la señora Larson se miraron. Luego ambos se voltearon hacia la directora Rivera, que anotó algo.

—Gracias por venir —dijo la directora con una sonrisa—. Mañana pegaremos la lista de los participantes en el pizarrón de anuncios.

Recogimos nuestros instrumentos, menos la batería, que nos habían prestado del salón de música, y salimos del auditorio. Afuera, algunos niños, entre ellos Selena, esperaban su turno.

—Creo que salió bien —dijo Joe.

—Estás bromeando, ¿no?

Yo quería llorar, en parte por alivio, porque por fin lo habíamos hecho, pero también porque sabía que no habíamos sonado como había imaginado.

—Además —dijo Joe—, las audiciones son una formalidad. Todos entran en el concurso.

—Entonces, ¿cuál es el punto de ir? —preguntó Benny.

—Hacen que audiciones para... como... verte antes —dijo Joe—. Para ver que lo que hagas sea, ya sabes, *adecuado*.

Me sentí un poco mejor después de escuchar eso, pero antes de dormirme esa noche me aseguré de que mis muñecas quitapenas estuvieran debajo de la almohada. Solo necesitábamos más tiempo para estar listos para *rockear* en el concurso de talentos.

CAPÍTULO 21

Lo primero que hice al llegar a la escuela al día siguiente fue revisar el pizarrón de anuncios donde estaba el registro del concurso. Leí nombre tras nombre, buscando nerviosa a los Co-Co's, pero no estábamos en la lista. ¿Joe no había dicho que todos participaban? Habíamos tocado fatal, pero pensé que podríamos prepararnos mejor después de las audiciones. Al parecer, no nos iban a dar esa oportunidad después de todo.

La oficina del señor Jackson estaba cerca, así que fui hacia ahí, en parte esperando que no estuviera. Su puerta estaba entreabierta. Toqué antes de asomar la cabeza. Estaba sentado en su escritorio, comiendo avena, la instantánea que preparas con agua hirviendo y comes en un tazón de cartón.

—Hola, señor Jackson —dije, frotando nerviosamente un pie contra el otro—. Tengo una pregunta sobre el concurso de talentos y pensé preguntarle, ya que estuvo en las audiciones ayer.

El señor Jackson giró en su silla para verme de frente. Tenía un poco de avena en su barba.

—Pasa. Tú eres... déjame pensar. Sí me lo sé.

Esperé a que se acordara de mi nombre mientras masticaba una cucharada de avena.

—María Luisa —dijo finalmente, con una sonrisa de autosatisfacción.

—Malú —corregí.

—Sí. ¿Y qué pasó, Malú?

—Bueno, eh, ¿sabe por qué no eligieron a mi banda para el concurso? —pregunté.

El señor Jackson se balanceó hacia adelante y hacia atrás, se aclaró la garganta y se pasó la mano por la barba, limpiándose la avena. Luego me dio una sonrisa apenada.

—Sí, los Co-Co's —dijo—. Estuvieron muy bien. *Rockearon*.

—Entonces, ¿por qué no estamos en la lista? —pregunté.

—Bueno, como probablemente sabes, este año es el trigésimo aniversario de la escuela. Estamos celebrando a José Guadalupe Posada y la directora Rivera quiere que el concurso tenga ese espíritu de aniversario —dijo.

—¿Qué significa eso?

—Quiere presentaciones más tradicionales.

—¿Tradicionales cómo? —pregunté.

—Pues, tenemos cantantes, un violinista y un niño que hace muy buenos trucos con la reata. ¿Lo has visto?

Negué con la cabeza.

—Es fantástico —dijo el señor Jackson—. Y una estudiante va a presentar una danza regional. Esa clase de cosas. Presentaciones que el mismo Posada hubiera disfrutado si estuviera vivo.

—Pero no había nada en el volante que dijera que no podíamos tocar cualquier tipo de canción —dije—. ¿O sí?

—Eh... —dijo el señor Jackson, revolviendo algunos papeles en su escritorio hasta encontrar el volante verde. Lo leyó, sorbiendo una cucharada de avena—. Tienes razón. Dice trigésimo aniversario, adecuado para la escuela, pero nada sobre presentaciones específicas.

—Incluso reescribí parte de la letra de la canción para adecuarla a la escuela —dije.

—Fue divertido verlos —dijo el señor Jackson—, pero creo que la directora Rivera quiere algo más familiar, quizá un poco... más silencioso que los Co-Co's. Lo siento.

Su expresión era sincera, pero eso no me hacía sentir mejor.

—Está bien —dije—. Gracias.

Dejé que el señor Jackson terminara su avena. Mientras caminaba hacia mi primera clase, me ardían las orejas del coraje que sentía por lo injusto que era todo. No podía creer que nos hubieran sacado del concurso por tocar tan fuerte.

~

Ellie y Joe ya habían apartado una mesa cuando entré en la biblioteca. Habíamos quedado de vernos al final del almuerzo para hablar del concurso de talentos.

—Por favor, no manches de comida ese libro, Joe —dijo el señor Baca desde el mostrador de préstamos.

—Entendido, señor B —dijo Joe, intentando quitar las migajas de pan de entre las páginas del libro abierto antes de que el señor Baca lo viera—. ¿Sabían que los mayas creían que el estrabismo era atractivo? —Cruzó los ojos y me miró a mí y luego a Ellie, muy serio—. ¿Qué piensan? ¿Me veo bien?

Ellie se rio y negó con la cabeza.

—Au, eso no se siente nada bien —dijo Joe, sobándose los ojos—. ¿Pero quién soy yo para discutir con los mayas?

—Eres tan raro —dije—. ¿Dónde está Benny?

—Ya voy, ya voy —dijo Benny, cerrando la puerta de la biblioteca tras de sí. Dejó el estuche de la trompeta y la mochila junto a nuestra mesa—. Entonces, ¿qué pasó?

—Sí, ¿qué dijo el señor Jackson? —preguntó Ellie. Se veía confundida—. ¿Por qué no nos escogieron?

Les conté lo que me había dicho el señor Jackson en la mañana sobre el plan de la directora Rivera para el concurso de la Fiesta de Otoño.

—Y es totalmente injusto —dije— porque nada de eso estaba en el volante, ¿verdad?

—Pero, ¿por qué haría eso la directora Rivera? —preguntó Ellie.

—Bah —dijo Joe, frunciendo el entrecejo—. Porque odia la música punk.

—La directora Rivera solo inventó una excusa para sacarnos —dije.

—¿Y ella cómo sabe que a Posada no le gustaba el punk? —preguntó Benny—. ¿Cómo podría alguien saberlo?

Asentí. Buen punto.

—¿Saben qué es esto? —preguntó Joe—. Es...

—Discriminación —concluyó Ellie en su lugar.

—Exacto —dijo Joe, golpeando la mesa con el puño.

—Pero, ¿qué podemos hacer? —preguntó Benny—. Ya decidió que no vamos a tocar. De haber sabido que esto iba a pasar, hubiera tocado con mis amigos de la banda. A ellos sí los escogieron.

—Podríamos empezar una petición —dijo Ellie—. Exigir que nos incluyan.

—No sé —dije—. Eso tal vez funcione para algunas cosas, pero no creo que sea bueno para esto.

Joe, Ellie y Benny se miraron.

—Perdón, pero, ¿te escuché rendirte, niña punk *rock*? —preguntó Ellie. Tenía el entrecejo fruncido y me miraba firmemente.

—Sí, le invertimos mucho tiempo —añadió Joe.

—Repito, ¿qué vamos a hacer? —preguntó Benny.

—Yo les diré qué van a hacer ahora mismo —dijo el señor Baca, saliendo de atrás del mostrador y caminando hacia nosotros—. Se van a ir a clase. El almuerzo ya casi termina y va a venir un grupo.

—¿Entonces? —murmuró Ellie cuando salíamos de la biblioteca—. ¿Qué *vamos* a hacer, Malú?

No tenía idea. Y no podía saber qué me molestaba más: que la directora Rivera nos hubiera discriminado

porque tocábamos música que no era lo suficientemente "tradicional", o que eligieran a Selena y a nosotros no.

~

Esa noche, cuando llamé a papá, lo primero que me preguntó fue cómo nos había ido en la audición.

—Nos fue bien —dije—. Y también vamos a tocar.

No estaba segura de por qué le había mentido, pero
quise patearme después de que se me salieron las palabras de la boca.

—¡Fantástico! ¿Qué dijo tu mamá?

—Pues, no le he dicho.

—Lú, tienes que decirle —comentó papá.

—Por supuesto —dije—. Lo haré.

—¿Pronto? Porque si no lo haces...

—Sí, papá, pronto.

—Bien —dijo—. Estoy muy contento de que hayas hecho amigos. Algunos de mis mejores amigos son gente
con la que he tocado.

Pensé en Joe, Benny y Ellie. En realidad, no había
pensado en ellos más que como compañeros de la
banda, pero supongo que *éramos* amigos. O, al menos,
lo más cercano que tenía a unos amigos. Y si no estábamos en el concurso de talentos, ¿todavía nos junta-
ríamos?

—¿Ves? Qué bueno que te llevaste esas muñecas quitapenas, ¿no?

—Totalmente, papá —dije—. Supongo que sí funcionan.

Cuando colgamos, me senté en el escritorio a trabajar en un zine. El CD de Lola Beltrán que me había
prestado la señora Oralia estaba encima de una pila de
libros de la biblioteca y me llamó la atención. Abrí la
caja de plástico y metí el disco en mi computadora. La
primera canción empezó con trompetas y violines tristes. Me acosté en la cama y me pregunté cuántas preocupaciones podían soportar mis muñequitas ahora que
había añadido otra: "mentirle a papá".

Cuando terminó de sonar el CD, busqué videos de
Lola cantando. Hacía gestos dramáticos con sus dedos
largos y delgados llenos de anillos. Todo en ella era
grande. Su cabello, sus joyas, su voz. Era una cantante
realmente espectacular, justo como los cantantes de
punk que yo amaba. Justo como yo quería ser si alguna
vez tenía la oportunidad.

CAPÍTULO 22

La puerta de la señora Oralia estaba entreabierta y un aroma delicioso llenaba el pasillo. Mi mamá tocó y escuchamos a alguien arrastrar los pies hasta la puerta.

—Vengan, muchachas —dijo, tomándonos del brazo—. Las estamos esperando.

Nos llevó adentro, guiándonos con una fuerza considerable para ser una mujer mayor.

—Preparé chilaquiles —dijo—. Creo que les van a gustar.

—Me *encantan* los chilaquiles —dijo mamá.

La señora Oralia nos había invitado a cenar con su familia el domingo. Joe, la señora Hidalgo y el señor Hidalgo, que se veía como un Joe más grande y con bigote, estaban en la cocina cuando llegamos. Saludamos a todos y mi mamá dejó el tazón de ensalada de frijoles y elote que había preparado encima de la barra, que ya tenía suficiente comida para alimentar a más de seis personas.

—¿Quieres una gaseosa? —preguntó Joe, sosteniendo dos botellas de Jarritos rojos.

—¿Gaseosa? —pregunté, tomando una—. ¿No es soda?

—Tal vez de donde tú vienes, amiga.

Le di un trago y me supo a dulce de fresa con gas.

—Espero que los chilaquiles no estén muy picosos —dijo la señora Oralia cuando nos sentamos a comer—. A mí me gusta que piquen.

—Mamá, sabes que no deberías comer cosas picantes —dijo la señora Hidalgo.

—Ay, miren a esta, hablándome como si fuera mi mamá —dijo la señora Oralia y se rio—. ¿Qué tiene de malo un poquito de chile de vez en cuando?

—Así es, Bueli —dijo Joe, sirviéndose una cucharada repleta de chilaquiles en su plato.

—No la animes, Joe —le advirtió la señora Hidalgo—. ¿Y a ti, Malú? ¿Te gusta la comida picante?

Sentí que estaba a punto de quedar en ridículo, pero antes de que pudiera contestar intervino mi mamá.

—Temo que Malú no heredó las papilas gustativas de los mexicanos.

Todos se rieron, menos yo.

—No te preocupes —dijo el señor Hidalgo, sobándose el estómago—. No eres la única que no puede tolerar la comida picante.

Le puse los ojos en blanco a mi mamá y me metí un bocado completo de chilaquiles a la boca para demostrarle que estaba equivocada, pero me arrepentí de inmediato. Podía sentir cómo mi lengua empezaba a punzar conforme el picor de los chiles avanzaba por ella como un ejército de minúsculas hormigas rojas.

—Toma leche —dijo la señora Oralia, notando mi molestia—. La leche ayuda con el picor.

—Demasiado picante para ti, ¿eh, María Luisa? —Joe se rio.

Al parecer, él no tenía ningún problema con el chile. Ya había devorado una porción y se estaba sirviendo más. Yo me limité a comer de la ensalada de mi mamá, que no tenía picante ni cilantro, y de las enchiladas sencillas que había llevado la señora Hidalgo.

Después de cenar, el señor Hidalgo preparó café y la señora Oralia sacó un pastel que se veía delicioso.

—Estoy tan llena que no creo que pueda comer otro bocado —dijo mi mamá cuando la señora Hidalgo ponía los platos.

—Tienes que probar al menos una rebanadita —dijo la señora Hidalgo—. Necesito conejillos de Indias para este pastel. Es de tres leches vegano.

—¿Be… gano? ¿Y qué es eso? —le preguntó la señora Oralia a la señora Hidalgo.

—Es un oxímoron —dijo el señor Hidalgo, y se rio.

—*Vegano* —repitió la señora Hidalgo—. Significa que no tiene leche. Está hecho sin lácteos.

—Ay, caray —me susurró Joe—. Ya empezamos…

—¿Un postre de tres leches… sin leche? —preguntó finalmente la señora Oralia.

Negó con la cabeza y se empezó a reír. Eran más bien risotadas. Recordé que la palabra estaba en una lista de vocabulario del año pasado. La señora Oralia se rio tan fuerte y tan escandalosamente desde el fondo de su ser que parecía que hubiera estado guardando las carcajadas para ese momento en específico. Definitivamente, eran risotadas.

Tenía que admitir que un pastel de tres leches vegano sí sonaba un poco extraño, ya que el pastel lleva tres leches diferentes y lo vegano se prepara sin ningún lácteo o producto animal de ninguna clase.

—Suena interesante —dijo mi mamá—. Pero, ¿por qué vegano?

—Aunque no lo crean, muchos clientes llegan al café pidiendo alternativas veganas, sobre todo de pastelería —dijo la señora Hidalgo—. Incluso los mexicanos, mamá.

La señora Hidalgo miró a la señora Oralia con una expresión de sorpresa claramente exagerada.

—Pero no estos mexicanos, ¿verdad, Bueli? —preguntó Joe, abrazando a la señora Oralia—. A nosotros nos gustan la leche, los huevos y la mantequilla.

—Ana siempre tiene que ser diferente —dijo la señora Oralia—. Verse diferente. Comer diferente. Pensar diferente.

Miré a la señora Hidalgo, que estaba rebanando el pastel. Tenía una expresión en la cara que yo conocía muy bien, una expresión que decía que ya lo había oído un millón de veces.

—Ni me diga —comentó mi mamá, señalándome con el pulgar—. Esta niña es alérgica a cualquier cosa que considere demasiado "normal". Igual que su papá.

—Oigan —dije—, estamos aquí, ¿eh?

Miré a la señora Hidalgo, que me sonrió y me guiñó un ojo. Se sentía bien tener a alguien que pudiera ser parte de mi equipo. Sobre todo, alguien como la señora Hidalgo.

—Bueli, cuéntales de cuando mamá llegó a casa con su primer tatuaje —dijo Joe.

—Uy, sí —dijo la señora Oralia, manoteando—. Es un milagro que no me diera un infarto.

—Eres tan dramática —dijo la señora Hidalgo, negando con la cabeza.

—Mi mamá me dijo que Bueli se desmayó y se pegó en la cabeza y tuvieron que llevarla al hospital —dijo Joe.

—¿En serio? —pregunté. No podía creerlo. La señora Oralia no se veía como la clase de mujer que pudiera asustarse por unos tatuajes. O por nada, en realidad. Todavía recordaba el barniz de uñas morado que tenía el día que la conocí.

—Pobrecita —dijo la señora Hidalgo. Se inclinó para darle una palmada en el hombro a la señora Oralia—. Me retiró la palabra durante semanas. ¿Te acuerdas, mamá? Se pasó todo el mes dejándome notitas. Era ridículo.

—Me dolió la cabeza por días. ¡Y solo una parte fue por la caída! —dijo la señora Oralia y miró a la señora Hidalgo con un brillo en los ojos—. Ana siempre estaba tramando algo. Cuéntales de cuando te tuve que recoger en la estación de policía.

—Esa historia suena interesante —dijo mi mamá.

—Mi madre, la delincuente —dijo Joe y se rio.

—No fue para tanto —dijo la señora Hidalgo repartiendo rebanadas de pastel.

—¿Qué pasó? —pregunté. No podía imaginarme a la señora Hidalgo metiéndose en problemas. ¿Qué podía haber hecho?

—Mi preparatoria tenía un código de vestimenta muy estricto para el baile de graduación. No podíamos usar tenis y la ropa tenía que ser semiformal como mínimo, así que los hombres estaban obligados a llevar saco y corbata —dijo la señora Hidalgo—. A varios nos pareció injusto.

—¿Por qué injusto? —preguntó mi mamá, cortando un bocado de pastel con su tenedor.

—Bueno, discrimina a los niños que no pueden costear sacos ni corbatas si no los tienen —dijo la señora Hidalgo—. Además, algunas de nosotras queríamos usar tenis con nuestros vestidos.

—Estos muchachos tuvieron su propio baile donde no debían —dijo la señora Oralia, mirando con severidad a la señora Hidalgo, como si le acabara de hablar la policía en ese momento y no años atrás.

—Bueli *todavía* está enojada —dijo Joe.

—Le pedimos al consejo que reconsiderara el código de vestimenta y fuera un poco más relajado —continuó la señora Hidalgo, ignorando a la señora Oralia y a Joe—. Pero no quisieron, así que organizamos un baile antigraduación como protesta.

—Qué radical —dije, mirando a mi mamá.

—Podías ir vestido como querías y no era obligatorio usar nada elegante ni formal —dijo la señora Hidalgo, asintiendo—. Y en lugar de una cuota de entrada, pedimos una donación, ya fuera dinero o comida, para un albergue local.

—¿Y cómo acabaron con la policía? —preguntó mi mamá.

Podía darme cuenta de que quería que yo supiera que no estaba bien recibir llamadas de la policía.

La señora Hidalgo explicó que necesitaban un lugar para el baile. Decidieron usar un garaje vacío que era del tío de uno de los niños. El único problema fue que nunca pidieron permiso, así que los vecinos escucharon la música, vieron entrar y salir gente, y llamaron a la policía.

—¿Y los atraparon? —pregunté.

—Estábamos invadiendo una propiedad privada, así que llegó la policía. Llamaron a nuestros padres y se acabó el baile —dijo la señora Hidalgo.

—¿Los arrestaron? —pregunté.

—No. Contrario a lo que dice mi mamá, *no* nos llevaron a la estación de policía.

Le dio una mirada seria a la señora Oralia.

—Es lo mismo —dijo la señora Oralia, subiendo los hombros—. La policía me llamó para ir por mi hija delincuente.

—Debimos haber pedido permiso para usar el garaje, pero los niños cometen errores —dijo la señora Hidalgo.

—Me puedo imaginar lo preocupada que debió haber estado después de recibir una llamada de la policía —le dijo mi mamá a la señora Oralia, ignorando el hecho de que la señora Hidalgo había hecho algo increíblemente genial.

—Pues sí —dijo—. Yo creía que estaba en un lugar y resulta que estaba en otro, metiéndose en problemas.

—No me estaba metiendo en problemas —dijo la señora Hidalgo—. Todavía estoy orgullosa de haber defendido lo que considerábamos correcto.

—Uy, no ha cambiado nada —dijo la señora Oralia. Pero no sonaba enojada. Más bien, parecía que esas historias le daban risa ahora.

—¿Cómo podría estar enojada? —preguntó la señora Hidalgo, comiendo un poco de pastel—. De tal palo, tal astilla, ¿no, mamá?

—¿Y cómo lo manejó? —preguntó mi mamá, mirándome—. ¿Tener una hija... rebelde?

—No siempre estuvimos de acuerdo en todo —dijo la señora Oralia—. Pero siempre le dije que defendiera sus creencias, lo que viene de aquí.

La señora Oralia se llevó un puño al corazón.

—¿Aun si la arrestan? —preguntó Joe.

Todos nos reímos.

—Parece que tienen una muy buena relación ahora —dijo mamá, mirándolas a ambas.

—Todavía cree que estoy un poco loca —dijo la señora Hidalgo—. Pero intenta comprender quién soy y reconoce que todos somos diferentes. ¿Verdad, mamá?

La señora Oralia se acercó y acarició el mechón de cabello rosa de la señora Hidalgo.

—Tienes razón, Ana —dijo mi mamá, sorprendiéndome—. Nunca lo había pensado, pero creo que yo también soy una rebelde.

—¿*Tú*? —pregunté.

—Sí, yo —dijo mamá—. Dejé mi casa para ir a la universidad. Nadie en mi familia lo había hecho, pero yo tenía la necesidad de ver más, de encontrar mi lugar, ¿saben?

—¿Y cómo lo tomó tu familia? —preguntó la señora Hidalgo.

Mi mamá se rio.

—Bueno, mis padres siempre me apoyaron, pero creo que les hubiera gustado apoyarme más de cerca —dijo mamá—. Fue difícil dejarlos. Creo que todos teníamos miedo. Era algo distinto y extraño. Y todavía es difícil, tantos años después, estar lejos unos de otros, pero...

—¿Ahora es más fácil? —preguntó la señora Hidalgo.

—De cierta forma —asintió mamá—. Más fácil, pero no totalmente.

Mi mamá me miró y sonrió, y por un momento pensé que en verdad me comprendía.

—Ay, ustedes, los adolescentes norteamericanos —dijo la señora Oralia—. Mucho tiempo libre. En mis tiempos, uno estaba demasiado ocupado trabajando. No había tiempo para bailar ni para colores raros en el pelo.

—Y, además, había que caminar doce millas a través del desierto para ir a la escuela, ¿verdad? —preguntó el papá de Joe.

—¿Escuela? ¿Qué escuela? Usted estaría trabajando, m'ijo.

Todos nos reímos de nuevo.

—La pasamos muy bien —dijo mi mamá, animándome a decir algo—. Gracias por todo, señora.

—Muchas, muchas gracias —dije.

Las palabras se me enredaron en la lengua. Cuando me pasaba eso con el español, me daba todavía más pena.

—No te gusta hablar español —dijo la señora Oralia.

No era una pregunta, sino una afirmación. Subí los hombros, de nuevo sintiéndome exhibida.

—No lo habla seguido, así que no está acostumbrada —dijo mi mamá.

—Es bueno tener dos idiomas —dijo la señora Oralia—. ¿Sabes cómo aprendí inglés? Escuchando a los Beatles.

—¿En serio? —preguntó mi mamá.

—Sí, señora. No podía hablar ni una palabra de inglés, pero trabajaba para una familia que tenía un hijo adolescente. Escuchábamos discos juntos. Yo cantaba "Twist and Shout" y ni siquiera sabía qué estaba diciendo.

La señora Oralia echó otra sonora risotada y manoteó como si no pudiera creer lo que nos estaba contando.

—También podía bailar el twist... Miren —dijo, y empezó a moverse en su silla.

Intenté imaginar a la señora Oralia de joven, bailando mientras escuchaba a los Beatles, pero solo pude verla como era ahora: bailando twist con el vestido de unicornios que llevaba puesto el día que la conocí y con pantuflas cómodas en los pies. Sonreí de pensarlo.

—No pierdas tu idioma —dijo la señora Oralia, como si las palabras fueran algo que pudiera acabar debajo de la cama junto con los calcetines olvidados y la pelusa.

Después del postre, me senté en el sillón de flores de la señora Oralia mientras Joe cambiaba los canales en la televisión más vieja que había visto. Parecía un mueble, con la pantalla encajada en la madera, rodeada de cajoncitos falsos.

Seguí pensando en la señora Hidalgo y en su idea del baile antigraduación. ¿Cómo se le ocurrió una idea tan fantástica para probar su punto de vista? ¿No le daba miedo meterse en problemas? Debió haber creído realmente en lo que estaba haciendo para arriesgarse así. En ese momento, me parecía la persona más valiente que hubiera conocido.

Y luego, como el Espantapájaros que de pronto ya tiene cerebro, se me prendió el foco. Salté del sillón. Debo haber espantado a Joe, porque tiró la antena de conejo que estaba moviendo.

—Reunión de la banda en el Calaca mañana después de clases —dije—. Le diré a Ellie. Tú dile a Benny ahorita.

—Pero no nos escogieron —dijo.

—No importa —dije sonriendo—. Los Co-Co's apenas están empezando.

CAPÍTULO 23

La tarde siguiente, estábamos sentados en una mesa del Calaca y les contaba mi idea.

—Entonces, ¿quieres que nos colemos en el concurso de talentos de la Fiesta de Otoño? —preguntó Ellie, como si acabara de hacer el anuncio más escandaloso del mundo.

—No, no nos vamos a colar —dije—. Vamos a hacer un anticoncurso de talentos para la Fiesta de Otoño.

—Me gusta como piensas, amiga —dijo Joe, tomando migajas de glaseado de concha de mi plato.

—¿En dónde vamos a hacer ese anticoncurso? —preguntó Benny.

—Por eso nos estamos reuniendo —dije—. Para ver los detalles. No puedo pensar en todo, ¿sí?

—Discuuulpa —dijo Joe.

—Eso suena muy arriesgado —dijo Benny.

—Mira, el concurso de talentos será adentro de la escuela, en el auditorio, pero la Fiesta de Otoño será afuera —dijo Joe—. Podemos montar los instrumentos y tocar afuera, en algún lado.

—Buena idea —dije—. De todas maneras, no me imagino que la directora Rivera nos deje tener nuestro anticoncurso en la escuela.

—Espera, no nos vamos a meter en problemas, ¿o sí? —preguntó Ellie—. *Eso* no se vería muy bien en mi solicitud para la universidad.

—Está bien, señorita "peleemos contra el poder una petición a la vez" —dije—. Sé que te interesan los derechos de los alumnos, pero a veces no es suficiente con una petición. Lo haremos por una buena causa.

Necesitaba convencerme a mí misma también.

—¿Y esa causa es...? —preguntó Ellie.

—No había nada en el volante de audiciones que dijera que descalificarían otro tipo de presentaciones, ¿cierto? —pregunté—. La directora Rivera escogió a los niños que encajaban con su idea de lo que debe ser la celebración del trigésimo aniversario. Y nosotros, nuestra ruidosa banda de punk, no entramos en el cuadro.

—Qué importa —dijo Benny, encogiendo los hombros.

—Sí importa —dije—. O sea, el señor Jackson no dijo que nos habían excluido por nuestros errores. La directora nos dejó fuera a propósito porque no le gustó que tocáramos fuerte, que no fuéramos "tradicionales" ni comunicáramos un "ambiente familiar", lo que sea que signifique eso.

—Yo estoy con María Luisa —dijo Joe—. Es discriminación contra los bichos raros.

Benny y él se echaron a reír.

—Mucha gente en la historia *ha tenido* que correr riesgos para hacer demostraciones sociales y políticas... —añadió Ellie—. Cuenten conmigo.

—Somos una banda de punk, ¿verdad? —pregunté—. Y el punk significa que defiendes lo que crees. Así, como la mamá de Joe. Y como Poly Styrene, que se vestía con bolsas de plástico para protestar contra la cultura del consumismo. Y como Joe Strummer, que escribió canciones contra la guerra y la opresión. Y...

Para entonces, ya me había levantado de la silla y caminaba alrededor de nuestra mesa.

—Está bien, tranquila. Lo entiendo —dijo Benny—. No puedo creer que acepte meterme en esto.

—Además, apuesto a que no somos los únicos que querían presentarse en el concurso de talentos y se quedaron fuera porque a la directora Rivera no le gustó lo que hicimos —dije.

—Bueno, ¿por lo menos podemos ponerle otro nombre? —preguntó Ellie—. Anticoncurso suena tan... negativo.

—Podríamos llamarlo Fiesta Alterna —dijo Joe.

—Eso suena genial —dije—. Joe, ¿crees que tu mamá nos pueda ayudar otra vez? —pregunté esperanzada—. En definitiva, ella inspiró la idea.

—¿Estás bromeando? —dijo con expresión seria—. Sabes que le va a encantar, tanto como un flan vegano.

Todos nos reímos porque sabíamos que Joe tenía razón. Si alguien nos podía ayudar a lograrlo, era la señora Hidalgo. Y ella comprendería realmente por qué lo estábamos haciendo.

Una versión punk de una canción que había escuchado empezó a sonar por las bocinas del café.

—Escuchen, esa es mi canción favorita —dijo Joe.

Empezó a cantar y a menear la cabeza por unos segundos.

—¿"La bamba"? —dijo Benny—. ¿En serio?

—Me gustan los clásicos —dijo Joe.

—Tal vez podamos tocar una versión punk de alguna canción mexicana tradicional —dije—. Como esa que está sonando.

Esperaba que se rieran.

—No sé —dijo Ellie—. Si vamos a hacer una versión, debería ser en ritmo de *rock*, ¿no creen?

—Ajá —dijo Benny—. No queremos que los demás sientan que están con sus abuelas.

—La directora Rivera quiere algo tradicional y familiar, ¿no? —pregunté—. Démosle lo que quiere. Pero a nuestro estilo.

—Me gusta —dijo Joe—. Ahora sí estás pensando, María Luisa.

Terminó la canción y empezó a sonar una voz femenina que podía reconocer: Lola Beltrán.

—Pensaré en una canción —dije, pero ya tenía una idea—. Empezaremos a trabajar mañana.

Cuando llegué a casa, me quité los zapatos y abrí la laptop. Conecté mis audífonos, metí el CD de Lola Beltrán de la señora Oralia y esperé que empezara la música. ¿Qué ranchera clásica podríamos convertir en una buena canción de punk *rock*? ¿"Paloma negra"? ¿"Cucurrucucú paloma"? A Lola B. realmente le gustaban las palomas.

En "Soy infeliz" la voz profunda y fuerte de Lola B. cantaba sobre un amor no correspondido. La mayoría eran las canciones de amor tristes y pesadas que te hacían sentir como si te estuvieras ahogando en tus propias lágrimas. Yo no sabía nada del amor, así que ninguna me parecía la canción correcta.

Luego escuché una que reconocí. Recordaba que mi mamá la había cantado mientras hacía el desayuno un fin de semana. La melodía era ligera y más alegre que las demás. Era lo opuesto de una canción de amor triste. La letra hablaba sobre cómo cantar alegraba el corazón. Escuché la canción una y otra vez mientras intentaba imaginarla más fuerte y más rápida, y a mí, cantándola. Agarré la caja del CD y miré la lista de canciones. Se llamaba "Cielito lindo".

CAPÍTULO 24

O dio esta cosa —dije, jalando el candado.

Para cuando giré la perilla a la izquierda, a la derecha y luego a la izquierda por tercera vez, decidí que ese candado de combinación era mi peor enemigo.

—Hazte a un lado, tonta —dijo Joe, poniéndose frente a mi casillero—. ¿Cuál es tu combinación?

—No te voy a dar mi combinación —dije, aun sabiendo que estaba perdiendo la oportunidad de sacar mi libro de historia.

—Como quieras —dijo.

Probé mi combinación una vez más y, sin éxito, dejé caer el candado contra el casillero, que golpeó el metal con fuerza.

—¿Ya te diste por vencida? —preguntó Joe.

—Dale, inténtalo tú —dije.

Busqué el papel con mi combinación y se lo entregué. Miré cómo giraba la perilla a la izquierda, a la derecha y a la izquierda, y luego tiraba del candado. Se escuchó un clic y se abrió. Joe se volvió hacia mí con una expresión de satisfacción en la cara.

—Vaya si eres especial.

—Con las gracias es más que suficiente —dijo Joe—. Oye, ¿ya pensaste en una canción?

—Sí —dije mientras sacaba el libro de historia del casillero y lo metía en mi mochila.

—¿Y?

—Te lo diré en el ensayo, cuando estemos todos juntos.

—¿En serio me vas a hacer esperar? ¡Oye!

Algo voló por el pasillo y cayó a nuestros pies. Era un collar de dulces. O lo que quedaba de él. Aún había algunas cuentas de dulce colgando de la triste banda elástica.

—¡Gol! —gritó Selena, y ella y un tipo de su Bola de Dulces se acercaron. Joe saludó al tipo con una palmada y chocaron los puños, luego estiró el collar entre sus dedos como una resortera, apuntando a Selena.

—¿Qué pasa, tortolitos? —preguntó, sosteniendo su mochila en alto para protegerse del collar de dulces—. Eso quiere decir...

—Sé lo que quiere decir —dije, interrumpiéndola—. No es gracioso.

—No estaba segura, María Luisa —dijo—. Sé que a veces tienes problemas con las palabras.

Tiré la puerta de mi casillero y cerré el candado.

—Qué lastima que no entraras al concurso de talentos —dijo.

—Sí, es una lástima —dijo Joe.

Le di una mirada para que mantuviera la boca cerrada.

—Nos vemos luego —le dije a Joe, ignorando a Selena y a su amigo. Quería salir de ahí antes de que Joe soltara la sopa sobre nuestro plan.

—Espera —dijo Selena—. ¿No le vas a dar un beso de despedida o algo?

Sentí que me ardían las orejas mientras me alejaba.

Esa tarde tenía cosas en las que preocuparme más importantes que Selena. Por ejemplo, en cómo iba a evadir a mi mamá mientras preparaba la Fiesta Alterna. De pronto se le habían empezado a ocurrir muchas cosas sobre mis visitas diarias a casa de Joe después de clases.

—Están pasando mucho tiempo juntos —dijo mamá esa mañana, cuando le dije que iría a casa de Joe después.

—Estamos trabajando en un proyecto para la escuela —dije defensiva—. Pensé que querías que hiciera amigos y fuera feliz aquí.

—Pues, sí. Estoy feliz de que no estés encerrada en tu cuarto todo el tiempo.

Cuando me dirigía hacia el sótano de Joe, sabía que me había librado de la curiosidad y las preguntas de mi mamá una vez más, pero que esa podía ser la última vez.

Joe, Benny y Ellie estaban sentados en medialuna en el sótano, emocionados y nerviosos.

—¿Y? ¿Cuál es tu gran idea? —preguntó Joe.

—¿Prometen no reírse?

—No podemos prometer nada —dijo Joe.

Benny jugaba con su bajo y Ellie pretendía tomar notas para evitar verme a los ojos.

—Esta.

Puse el CD de Lola B. en el suelo, en medio del círculo.

—¿Qué se supone que vamos a hacer con eso? —preguntó Joe.

—Vamos a hacer una versión punk de una de esas canciones —dije—. "Cielito lindo".

—¿Nos estás diciendo que quieres cantar una versión punk de una canción de Lola Beltrán? —preguntó Benny, como si no hubiera escuchado bien.

—Ajá. —Asentí, pero empecé a entrar en pánico. Lo que antes me había parecido una gran idea de pronto sonaba como un desastre seguro.

Joe se le quedó viendo a la portada, el bouffant, los aretes grandes, las uñas puntiagudas, los dedos largos. Sentí que los segundos se hacían eternos.

—Olvídenlo —dije, recogiendo el CD—. Pensemos en otra cosa.

—No, espera. Puedo verlo —dijo Joe—, pero tal vez deberíamos votar como banda.

—Sí, está bien —dije.

—¿Hay objeciones? —preguntó Joe, y nos miró a cada uno.

—De mi parte, no —dijo Benny—. Es más mi estilo, de todas formas.

—Claro, y sabes que tus habilidades de trompetista serán útiles, ¿o no, Ben? —dijo Joe, y se rio.

—¿Puedo escucharla primero? —preguntó Ellie.

Joe puso la canción y vimos a Ellie cerrar los ojos y escuchar. Todos en la secundaria Posada tomábamos español, pero Ellie no era una hablante nativa, así que me preguntaba qué tanto comprendía. Mantuvo una expresión seria todo el tiempo, difícil de interpretar.

—Entendí algunas palabras —dijo cuando terminó la canción—. Pero, ¿de qué se trata?

Ellie escuchó con atención mientras Joe le traducía la letra lo mejor que podía. Luego todos vimos cómo apareció una enorme sonrisa en su rostro.

—Esa es la canción —dijo—. Es hermosa y poderosa, y reto a la directora Rivera a que se oponga. Hagámoslo.

—Eso fue fácil —dijo Joe—. Y ahora podrás demostrarle a Selena de una vez por todas que no eres un coco.

Lo pateé en la espinilla.

—¡Au! Oye, estaba bromeando —dijo, sobándose la pierna—. Pero, en serio, y no me lo tomes a mal... ¿Sí puedes cantar en español?

—No le hagas caso, Malú —dijo Ellie—. Eres súper determinada. Me convenciste a mí, que no sabía tocar ningún instrumento, de unirme a la banda. Estoy segura de que puedes hacer lo que quieras.

—Gracias, Ellie —dije, y le sonreí.

—Tú creíste que yo podía tocar la batería —continuó Ellie—. Bueno, yo creo que tú puedes cantar en español.

¿Y podía cantar en español? La pregunta de Joe seguía sonando en mi cabeza mientras caminaba a casa.

Fue genial cómo Ellie salió en mi defensa, pero no estaba tan segura de creer en mí tanto como ella. Tener que cantar en español era un detalle muy importante como para no haberlo pensado antes. Una cosa era decir "hola" y otra muy distinta era cantar una canción completa. Pensé en lo que la señora Oralia había dicho de que había cantado cosas de los Beatles sin que supiera hablar inglés. Si ella lo pudo hacer, tal vez yo podía cantar en español también.

Sí, me dije esa noche, acomodando las muñecas quitapenas debajo de la almohada. Yo iba a poder cantar en español. Pero, al ver sus caritas con puntitos, la duda me empezó a envolver como una niebla helada. ¿O no?

6 RAZONES POR LAS QUE ♥

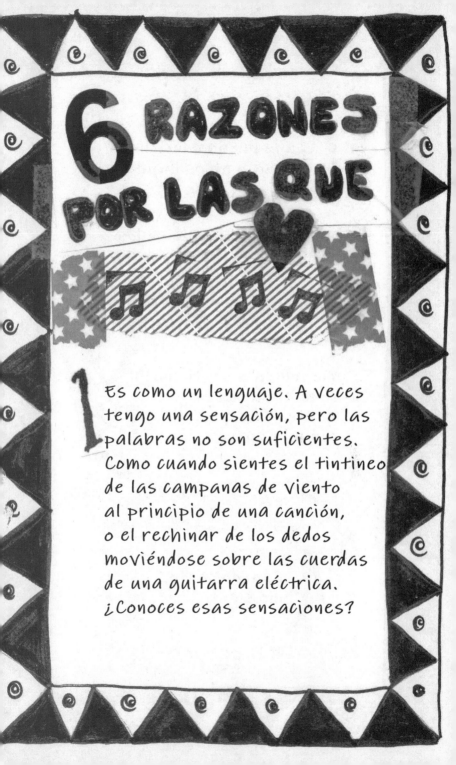

1 Es como un lenguaje. A veces tengo una sensación, pero las palabras no son suficientes. Como cuando sientes el tintineo de las campanas de viento al principio de una canción, o el rechinar de los dedos moviéndose sobre las cuerdas de una guitarra eléctrica. ¿Conoces esas sensaciones?

2 Como un buen libro, una buena canción me lleva a otros lugares.

Mi mente se pierde en los sonidos y en las palabras.

Me ayuda a sentirme conectada con la gente. En especial con mi papá.

3

4 Cuando canto, me siento...

FUERTE Y SEGURA

Como si estuviera en control de algo. Como si estuviera creando algo.

5 Ni siquiera sé si puedo cantar <u>EN ESPAÑOL</u>, pero cuando escuché...

CIELITO LINDO

supe que era mi canción. Claro, es un poco cursi y melosa, pero expresa cómo me hace sentir la música más que otra cosa:

¡FELIZ!

La letra dice: "Ay, ay, ay, ay, canta y no llores, porque cantando se alegran, cielito lindo, los corazones". Cantar y escuchar música me alegra el corazón y me da esperanza.

6 Últimamente, la música me ha hecho sentir más conectada con mi parte mexicana. No sé si sea por escuchar tanto a Lola B. o por aprender tanto de los mexicanos punk gracias a la señora H., pero es... genial.

32

EL MUSICO

ES MI CANCIÓN

CAPÍTULO 25

C laro que puedes cantar en español —dijo la señora Hidalgo. Estábamos en el sótano de su casa la tarde siguiente, y Joe ya le había contado nuestro plan. Como esperábamos, estaba más que feliz de ayudarnos.

—No sé —dije nerviosa—. Tal vez no sea una buena idea después de todo.

—Basta —dijo Ellie, meneando una de sus baquetas entre los dedos con actitud de no estar dispuesta a aguantar comentarios autodestructivos.

—Ya escuchaste la historia que contó mi mamá. Ella pudo *cantar* en inglés antes de poder hablar en inglés. Y Ritchie Valens no podía hablar español cuando cantó "La bamba" —dijo la señora Hidalgo—. Además, es una canción muy fácil de aprender y, dado que sí sabes español, no será un problema. Solo tienes que aprenderte la letra de memoria y convencerte de que puedes. ¿Verdad, Joe?

—Tú puedes, amiga —dijo Joe, mostrándome sus dos pulgares.

—Tu mamá puede ayudarte a practicar —sugirió la señora Hidalgo.

—Su mamá ni siquiera sabe que está en una banda —dijo Joe riéndose.

—¿Qué? —La señora Hidalgo se veía sorprendida—. ¿En serio? ¿Por qué?

Fulminé a Joe con la mirada por abrir su gran bocota.

—No creo que le guste que invierta mi tiempo en una banda en lugar de hacer algo más productivo. —Marqué las comillas en el aire para resaltar la palabra "productivo", una de las favoritas de mi mamá—. Además, una banda de punk no es algo que le deba interesar a una señorita.

—¿Según quién? —preguntó la señora Hidalgo, con las manos en la cadera—. Creo que deberías darle una oportunidad a tu mamá, y definitivamente necesitas decirle. No puedo ayudarte a sus espaldas. Creo en tu derecho a cantar *rock*, pero también me atengo al Código de las Mamás.

—¿Qué cree que haces después de clases? —preguntó Benny.

—¿Club de ajedrez? —dijo Ellie.

—Algo así —dije—. Le digo que estoy en el Calaca haciendo tarea, o ayudando al señor Baca en la biblioteca. Mientras piense que estoy involucrada en algo y feliz de estar aquí, para ella está bien.

—*Sí* estás involucrada en algo de la escuela —dijo Benny.

—Creo que tu mamá estaría feliz de saber que estás haciendo algo que realmente disfrutas, con tus amigos —dijo la señora Hidalgo.

—¿Y qué tiene de malo estar en una banda? —preguntó Ellie—. No es como que vas por ahí robando bancos.

—Ustedes no conocen a la Supermexicana —dije. Benny, Joe y Ellie se echaron a reír—. No es solo la banda. Y ya no quiero seguir hablando de eso, ¿sí? Le diré pronto. ¿Podemos seguir?

La señora Hidalgo me puso una mano en el hombro y se inclinó hacia mí.

—Entre más pronto, mejor —dijo—. Dime si necesitas ayuda.

—Gracias —dije—. Lo haré.

Pero no estaba convencida de que debía decirle a mi mamá nada sobre los Co-Co's.

—Volviendo a lo de la canción, yo ya la toqué antes —dijo Benny, sacando su trompeta del estuche. Inhaló, se acomodó la trompeta en los labios y tocó "Cielito lindo".

—Genial —dije cuando terminó—. Eres muy bueno.

Benny encogió los hombros, apenado.

—¿Estás lista para cantar, María Luisa? —preguntó Joe.

—¿Ahora?

—Sí, ahora —dijo Joe—. ¿O estás esperando una invitación por correo?

—¿Por qué no empezamos a trabajar en la música y

le damos tiempo a Malú para que se aprenda bien la letra? —dijo la señora Hidalgo.

—Sí —dije, abanicándome el sudor de las axilas y deseando que me tragara la tierra—. Suena bien.

Propuse que platicáramos otros detalles de la Fiesta Alterna antes de dar por terminada la tarde. Logré sobrevivir a todo el ensayo sin cantar.

—Necesitamos un volante —dije—, algo que podamos repartirles a los que estén interesados en participar o en escucharnos.

—Dibujaré algo increíble, algo funk, quizá con influencia de Posada —dijo Joe y sonrió con complicidad—. Y apuesto a que el señor Baca me deja usar la fotocopiadora de la biblioteca.

—Fantástico —dije—. Esto va en serio.

—¿Crees que podrás cantar la próxima vez? —preguntó Benny.

Me mordí un labio e intenté no enloquecer ante la idea de cantar en español.

—Tierra a Malú —dijo Joe—. No te vas a echar para atrás, ¿o sí?

Joe empezó a cacarear y a mover los brazos como una gallina, y Ellie lo empujó.

—No es una gallina, ¿verdad? —dijo Ellie, y sonrió.

—*No* soy una gallina —dije—. Estaré lista.

Tal vez si lo decía muchas veces podría volverse realidad.

CAPÍTULO 26

Durante los siguientes días estudié la letra de "Cielito lindo" y escuché a Lola B. sin parar. Leí la letra tantas veces que casi veía pasar los versos frente a mis ojos, como en una marquesina digital dando la vuelta una y otra vez. Los leía antes de ir a dormir. Los susurraba en el baño mientras me arreglaba para la escuela. En la clase de matemáticas, los tenía dentro de mi carpeta. Y los cantaba en silencio, en mi cabeza, durante el almuerzo, mientras la banda bromeaba.

Después de más de una semana practicando, la banda finalmente estaba tocando algo que se parecía a "Cielito lindo".

—Una vez que logren tocar la canción, van a poder jugar con el *tempo* —dijo la señora Hidalgo.

—O podría seguir siendo un desastre —dijo Joe—. Es punk *rock*, después de todo.

—Muy chistoso —dijo la señora Hidalgo.

—¿Qué es *tempo*? —pregunté.

—Como el "tiempo" —dijo Benny—. El ritmo.

—Ahora es un baile lento y dulce —dijo la señora Hidalgo—. Pero quieren tocarla más rápido. Como si fuera...

—¡Un pogo frenético! —dije.

Todos nos carcajeamos.

—Algo así —dijo la señora Hidalgo—. Entonces, ¿estás lista para cantar hoy?

El dolor de estómago que había ido y venido durante todo el día acababa de volver. Me sudaban las palmas de las manos y tenía la cara encendida. Sabía que no tenía por qué estar nerviosa, solo eran Ellie, Joe y Benny, pero lo estaba. Y mucho. Me sentía como el León Cobarde que necesita valor.

—Eso creo —dije—. Pero todos tienen que prometerme que no se van a reír.

—¿Por qué nos íbamos a reír? —preguntó la señora Hidalgo, mirando seriamente a Joe.

—Anda, Malú —dijo Ellie—. Tú puedes.

—Está bien —dije, asintiendo—. Estoy lista.

Ellie contó. Benny empezó su parte con la trompeta. Abrí la boca para cantar, pero no pasó nada.

—Lo siento —dije, ronca—. Otra vez.

Ellie contó y Benny empezó a tocar, pero todo lo que pude hacer fue chillar las primeras palabras.

—Aflójate las trenzas —dijo Joe. Se acercó y me jaló una.

Intenté pasar saliva, pero mi boca se sentía seca como el desierto.

—¿Puedo tomar un poco de agua?

La señora Hidalgo fue a la cocina y volvió un minuto después con un vaso de agua que tragué instantáneamente.

—No tan rápido —dijo Joe, quitándome el vaso—. Te va a dar hipo.

—Tal vez te ayude cerrar los ojos —dijo la señora Hidalgo—. Imagina que estás sola en tu cuarto. O que estás cantando en la regadera.

Asentí.

—Aquí vamos —dijo Joe—. Ahora sí.

Respiré hondo y esperé el conteo de las baquetas. Cerré los ojos e intenté imaginar que estaba sola, como sugirió la señora Hidalgo. Y luego, a tiempo, empecé a cantar como había estado cantando en mi cabeza y en susurros durante días.

Abrí un ojo. Todavía estaba en el sótano. La banda seguía ahí, enfocada en sus instrumentos. Nadie me miraba ni se reía. Así que seguí cantando. Había estudiado tanto la letra, que pasaba libremente desde mi cerebro hasta mi boca. *Sabía* la canción, y aun así luchaba para sentir mías las palabras. Cuando terminé de cantar, abrí los ojos.

—¿Y bien? —pregunté.

—En realidad... no estuvo tan mal —dijo Joe.

—Uy, gracias.

—No le hagas caso —dijo Ellie—. ¡Estuviste maravillosa!

—Hermoso —dijo la señora Hidalgo. Benny no dijo nada, pero levantó sus pulgares.

—Tengo que admitir que me preocupaba un poco tu

español —dijo Joe—. Pensé que iba a sonar raro. Siendo un coco y todo eso.

—Se necesita un coco para reconocer a otro —dije.

—Pero, en serio —dijo—, tienes una buena voz, amiga.

Sentí una oleada de alivio.

—Ahora solo tenemos que hacerla un poquito más animada para que no suene tan triste —dijo Ellie.

—Buena idea, Ell —dije.

—Deberíamos meter una segunda voz, como está grabada —dijo Benny.

—Sí —dije—. Podríamos cantar el coro juntos.

Ensayamos la canción varias veces más. Mi cuerpo se sentía como un alambre tenso, pero ya no era solo por nervios. Era emoción. Cada vez que cantaba, las palabras salían de mi boca con más naturalidad, como si el español y yo pudiéramos estar unidos por fin si nos dábamos la oportunidad.

CAPÍTULO 27

Cuando llegó octubre, la temperatura empezó a descender. Y luego sucedió algo increíble. ¡El otoño! Todo se volvió rojo fuego y dorado, como el poema de Robert Frost en *Los rebeldes*. Me encantaban el sonido de las hojas rompiéndose bajo mis pies y el olor a madera quemada. Mi mamá y yo fuimos a un mercado de granja donde descubrimos que había muchos tipos de manzanas y que mi comida favorita era la dona de sidra. Quería embotellar todos los aromas y colores y la sensación del otoño para tenerlos siempre cerca. Deseaba poder plancharlos entre hojas de papel encerado, como la hoja de arce roja que le había enviado por correo a mi papá. Lo extraño fue que, cuando pensé que íbamos a pasar otro otoño en Chicago, no me sentí tan infeliz como hubiera pensado.

Octubre también significaba que la Fiesta de Otoño estaba cerca, y cada vez era más difícil encontrar excusas para quedarme en la escuela después de clases o ir a casa de Joe. Sentía que mi mamá me veía raro. Como si supiera que no estaba siendo cien por ciento honesta.

—Joe no es... tu novio, ¿o sí? —me preguntó una mañana.

Dejó su periódico y me miró arqueando las cejas. Su sonrisa me dijo que estaba bromeando, pero no me hizo gracia.

—Qué chistosa, mamá —dije con sarcasmo—. ¿Por qué hablas de cosas asquerosas?

—¿Por qué sería asqueroso? —preguntó—. Es lindo. Y tiene un lado artístico, como tú.

—Joe *no* es mi novio.

Puse los ojos en blanco.

—Además —dijo—, te estás convirtiendo en una señorita. Claro, podrías esforzarte en parecer una, pero ese no es el punto. Habrá niños que se interesen en ti y quizá tú también estés interesada...

—No puedo creer que estemos hablando de esto —dije, interrumpiéndola. Tomé una de las manzanas que habíamos traído del mercado y me fui corriendo a mi cuarto para llamar a papá antes de ir al Calaca a reunirme con la banda.

—Pero, si lo fuera, me dirías, ¿verdad? —gritó mamá.

La escuché reírse de su bromita, para nada graciosa. De acuerdo. ¿La verdad? Joe no era feo, pero ese no era el punto. Por un lado, me sentía aliviada de que no sospechara nada de la banda. Por el otro, me había dado escalofríos con su plática de novios.

Cuando papá contestó, estaba paseando a Martí. Pude escuchar el tintineo del collar del perro en el fondo, y pensé en la ruta que solía tomar, preguntándome dónde estarían en ese momento.

—Papá, ¿crees que Martí me recuerda?

—Por supuesto que sí —dijo.

—Pero, ¿y si los perros tuvieran pésima memoria? —pregunté.

—Lú, este perro te conoce de toda la vida —dijo papá—. Créeme, te recuerda.

—Está bien. Empezaba a preocuparme —dije—. Nos fuimos hace más de un mes.

—Es difícil de creer —dijo papá—. Cuando menos lo esperes ya será el Día de Acción de Gracias. Oye, antes de que se me olvide: te tengo una sorpresa.

—¿En serio? ¿Cuál?

—Todavía no te lo puedo decir.

—Ay —dije—, sabes que odio las sorpresas.

—Lo sé, pero vas a tener que esperar por esta.

—Papá, en serio —dije—. Solo dime, por favor.

—Lo siento, nena. No puedo —dijo—. Pero te puedo garantizar que te va a gustar.

—¿Prometes que no será una de esas malas sorpresas? —pregunté—. ¿Como mudarnos a Chicago?

—No será una de esas —dijo papá—. Confía en mí. Hablando de sorpresas, ¿ya le dijiste a tu mamá de la banda?

—No —dije.

Le conté que había estado practicando con la señora Hidalgo y que incluso se ofreció a estar ahí cuando hablara con mamá.

—Yo también te puedo ayudar con lo de tu mamá —dijo—. Si eso es lo que necesitas.

—Sé que puedes, papá —dije—, pero no lo entiendes igual que la señora Hidalgo.

Me sentí mal tan pronto como lo dije. Me di cuenta de que era la primera vez que había pensado que mi papá no podía ayudarme con algo.

—Claro, comprendo —dijo—. Te asusta que tu mamá se enoje.

—No es solo eso —expliqué—. Es distinto con la señora Hidalgo.

—¿Sí? —preguntó papá—. ¿Qué es tan especial en esa mágica señora Hidalgo?

Sabía que papá estaba bromeando, pero algo en su voz me dijo que se sentía herido. Intenté elegir mis palabras con cuidado.

—Pues, ella es como yo. Es mujer. Y es mexicana. Y le gusta el punk. Así que comprende todo...

—Lo que yo no puedo — mi papá terminó por mí.

—Lo siento, papá —dije.

Silencio. Luego escuché que suspiró.

—Está bien. No hay nada de qué lamentarse —dijo.

—Le diré yo a mamá —dije. Fue lo único que se me ocurrió para que mi papá supiera que no estaba eligiendo a la señora Hidalgo en su lugar. Nunca había querido terminar una conversación tanto como esa vez.

—No te preocupes, Lú —dijo.

Pero no sentí que lo dijera de verdad. Al menos, no completamente.

De repente, que me gustara el otoño en Chicago, estuviera en una banda y tuviera amigos me hizo sentir una traidora. ¿Cómo podía extrañar mi casa y ser feliz aquí también? Me preguntaba si, secretamente, papá sentía que *lo había olvidado*.

~

Cuando llegué al Calaca, Joe estaba en el mostrador, leyendo un cuaderno. Ellie y Benny todavía no llegaban. Lo saludé con la mano, busqué una mesa y saqué mi material para hacer un zine.

—¿Qué haces? —preguntó Joe cuando se acercó, señalando el zine que estaba creando con la barbilla.

—Es un zine —dije, cerrando la portada de mi libro sobre ella.

—¿Qué es un zine? ¿Puedo verlo?

—Quizá cuando termine.

Le conté todo sobre zines y cómo hacerlos.

—Suena bien —dijo—. ¿Hay zines de cómics?

—Sí, claro —dije.

—Tal vez haga uno también —dijo—. He estado trabajando en una historia.

Le dio un golpecito a su cuaderno de dibujo.

—¿De qué se trata?

—De una familia de vampiros mexicanos —dijo, y siseó—. Tienen que descubrir cómo conservar su bronceado y evitar el sol al mismo tiempo. Pero es como en los 1800, así que no hay camas de bronceado. ¿Cómo ves?

—Como dije antes, eres raro —contesté y me reí—. Pero, ¿qué te parece si, en lugar de ajo, haces que su debilidad sea el cilantro?

—Buena idea —dijo Joe—. Lo voy a usar.

Abrió su cuaderno y escribió algo.

—¿Vas a querer lo de siempre?

Asentí.

—Salen un café olé y una concha.

Joe tomó su cuaderno de dibujo y se fue hacia la barra.

A través de la ventana pude ver a Ellie salir de un auto y despedirse de la mujer pelirroja que iba manejando. Cuando llegó a la mesa, soltó su pesada mochila en el suelo.

—¿Qué llevas ahí? —pregunté—. ¿Una tonelada de ladrillos?

—Casi —dijo Ellie—. Son todos los libros que necesito para el ensayo y el examen que tengo esta semana.

—¿Era tu mamá? ¿La mujer en el auto?

Ellie asintió.

—¿No se nota?

—Sí —dije, y me reí—. ¿Vives cerca?

—No realmente —dijo Ellie—. Pero voy al Posada desde el kínder. Mis padres me inscribieron porque tiene un currículo que me preparará para completar el programa IB de preparatoria. Lo que se vería...

—Muy bien en una solicitud para la universidad —terminé por ella.

—Exactamente —sonrió Ellie—. También quieren que esté en una escuela donde pueda aprender fácilmente un segundo idioma. No importa no pertenecer si la ganancia es una buena educación.

—Sí perteneces —dije.

Me di cuenta de que no sabía mucho sobre Ellie fuera de la banda y sus intereses académicos.

—Mi mamá dice que forjará mi carácter —dijo Ellie, encogiendo los hombros—. Es bueno saber cómo se siente no ser la norma.

—Amiga, eso fue duro —dijo Joe y dejó un plato de conchas en medio de la mesa.

En ese momento entró Benny y fue planeando hasta la mesa.

—¿Qué fue duro? —preguntó Benny, tomando una concha.

—Olvídalo. Chequen esto —dijo Joe y se sentó. Abrió su cuaderno de dibujo y lo hojeó hasta que encontró la página que estaba buscando, y nos la mostró—. Creo que deberíamos hacer playeras.

Todos nos inclinamos para ver mejor. En la página había cuatro cocos dibujados. Cocos reales, con sombreros de mariachi. Encima de los cocos estaba el nombre de la banda escrito sobre un patrón ochentero a cuadros.

—Está increíble —dije.

—¿Y qué tal si añadimos un lema o nuestro manifiesto en la parte de atrás? —dijo Ellie—. Algo como...

—Como "No son las rancheras de tu abuela" —dije.

—¿Qué les parece "No es la música de tu abuela"? —dijo Joe—. En caso de que queramos cambiar de género.

—O "Compartiendo la cultura mexicana. A todo volumen" —añadió Ellie.

Nos reímos.

—Y deberíamos regalarle una a la directora Rivera después de tocar —dijo Benny.

Discutimos colores, nuestro manifiesto y sobre los vendedores de playeras ecológicas. Luego le preguntamos a la señora Hidalgo si el Café Calaca podía ser nuestro patrocinador. Y por lo menos durante un rato me olvidé de la conversación con mi papá y de que le iba a tener que contar a mi mamá de la banda. No me había sentido tan feliz desde que nos mudamos a Chicago.

CAPÍTULO 28

¿Qué opinas? —preguntó Joe.

Estábamos en la biblioteca después de clases, y yo hojeaba un libro que había sacado de la estantería mientras terminábamos el volante para nuestro concurso de talentos.

—Se ve genial —dije—. ¿Le preguntaste al señor Baca de la fotocopiadora?

—Sí, no hay problema —dijo—. Voy a sacar las copias.

—Genial —dije—. Podemos repartirlas el lunes. Probablemente deberíamos hacerlo afuera de la escuela, por si acaso. Como en la parada de autobús.

Joe asintió y revisó el volante otra vez.

—Y nada de papeles de color —añadí—. Es mejor que no se note mucho.

—Sí, su majestad —dijo Joe, haciendo una profunda reverencia—. ¿Qué estás leyendo?

Cerré el libro y se lo enseñé. Había sacado un libro de la exhibición del señor Baca sobre José Guadalupe Posada, de quien tomaba el nombre nuestra escuela y a quien celebraban en la Fiesta de Otoño.

—Era un tipo bastante interesante —dije—. Creo que voy a sacar el libro antes de que el señor Baca cierre. Pasaré por el Calaca este fin de semana para recoger algunos volantes.

Más tarde, mientras guardaba el libro en mi mochila, encontré el volante arrugado que Selena había tirado a la basura en la academia de baile de su mamá. Lo saqué. La fecha de registro para la clase de baile ya había pasado. Me pregunté si Selena seguiría molesta. ¿Estaría enojada con su mamá por no permitirle hacerlo? Ni siquiera sabía por qué lo había guardado. O por qué, por mucho que me molestara Selena, me sentía un poco mal por ella.

~

El lunes temprano en la mañana nos encontramos los cuatro para distribuir la mayor cantidad de volantes posible. Estuvimos en la esquina cerca de la parada de autobús, donde no nos podía ver el personal de la escuela que estaba patrullando. Era la misma esquina donde había un mercadito perfecto para comprar botellas de jugo de naranja y roles de canela empacados en envolturas rosas con un oso blanco que tenía un sombrero de panadero.

—Listo —dijo Ellie.

—Creo que salió bien —se rio Benny, señalando a un niño que estaba tirando el volante a la basura.

—Genial —dije.

—Ey, están tirando mi esfuerzo —se quejó Joe—. Como sea. Conozco a un par que sí están interesados.

—¿En serio? —pregunté.

—Sí —dijo—. Rivera los eliminó porque su acto de comedia era sobre chistes de pedos y baños.

Sonó la campana y nos fuimos a nuestros salones.

Selena y yo teníamos una rutina que consistía en ignorarnos al principio, haciéndonos caras de un lado al otro del pasillo, para al final intercambiar comentarios sarcásticos. No me extrañó cuando se inclinó hacia mí para decir algo.

—Ya sé lo que estás planeando, María Luisa —murmuró enigmática.

—¿De qué estás hablando? —pregunté, intentando no sonar nerviosa.

Planeamos la distribución de los volantes estratégicamente para evitar a los maestros y al personal de la escuela, pero también a Selena. Yo sabía que ella llegaba justo cuando sonaba la campana, y entraba por la puerta principal en lugar de la de atrás, por donde se suponía que debíamos entrar todos. Tampoco habíamos incluido ninguno de nuestros nombres en el volante. Solo la fecha, la hora, el lugar y la invitación a participar.

—Sabes de qué estoy hablando —dijo.

—No, no lo sé —dije, jugando con la tapa de mi botella de agua.

—Sé de tu plan para el concurso de talentos.

Sacó una hoja de papel de un folder y la puso en mi escritorio para que la viera. Era el volante que Joe había hecho. No una copia, sino el original que había fotocopiado en la biblioteca.

—¿De dónde lo sacaste? —pregunté, antes de poder detenerme.

—Lo encontré en la copiadora del señor Baca, justo donde lo dejaste.

—Tanto azúcar de tus collares te está afectando el cerebro —dije, pensando que después de todo no tenía pruebas de que fuera mío—. Yo nunca usé la copiadora del señor Baca.

—Tú no, pero Joe sí. El señor Baca dijo que Joe debió olvidarla allí —continuó—. Me ofrecí a regresársela.

Me sonrió presumida.

—¿Y qué? —pregunté—. No estamos haciendo nada malo.

—Entonces, ¿por qué lo hacen a escondidas? —preguntó.

—¿A ti qué te importa? Solo dámelo.

—Ah, no —dijo, guardando la hoja en su folder—. Me lo quedo.

Selena se volvió para hablar con su amiga, haciéndome saber que nuestra conversación había terminado. Me imaginé vertiendo mi botella de agua encima de ella y viéndola derretirse como la Bruja Mala del Oeste, hasta que no quedara nada más que una pila de ropa y un collar de dulces.

Pasé el resto de la mañana distraída, preguntándome qué planeaba hacer Selena con el volante, y justo antes del almuerzo me enteré. El altavoz en mi salón de ciencias cobró vida.

—Señorita Freedman, por favor envíe a María Luisa a la oficina del director.

Toda la clase levantó los ojos de los microscopios, donde habíamos estado estudiando células vegetales, para mirarme.

—Anda —dijo la señorita Freedman—. Llévate tus cosas.

Cuando llegué a la oficina, la señora Soto, la secretaria académica, levantó la vista.

—¿María Luisa?

Asentí. Ni siquiera me tomé la molestia de corregirla porque estaba muy nerviosa.

—La directora Rivera quiere verte —dijo—. Pasa. Su oficina está al final del pasillo.

Crucé la puerta giratoria que separaba las oficinas de la sala de espera, y avancé por el pasillo. Nunca había estado en la oficina de un director. Pensé en *Ramona Quimby, Age 8*, donde Beezus le dice a Ramona que podía recordar cómo escribir correctamente la palabra director porque el director de su escuela era su amigo. Sí, cómo no.

La directora Rivera estaba mirando la pantalla de su computadora cuando llegué a su puerta.

—María Luisa —dijo cuando me vio—. Entra. Siéntate.

Me senté en una de las sillas frente a su escritorio, increíblemente ordenado. Los cuadernos estaban apilados a la derecha, frente a ella había un folder de manila y tenía un calendario a su derecha. Había una placa elegante que decía DIRECTORA L. RIVERA justo frente a mí. Me pregunté qué significaría la *L*.

—¿Pasa algo? —pregunté, sentándome en el borde de la silla.

—Tú dime.

La directora Rivera colocó las manos sobre el folder de manila y esperó.

Me levanté e hice la prueba de la punta de los dedos con mi vestido, esperando que fuera eso.

—Tu vestido está bien —dijo, y abrió el folder—. María Luisa, me enteré de que tú y tus amigos planean entorpecer la Fiesta de Otoño.

—¿Entorpecer la Fiesta de Otoño? —pregunté—. Eso no es cierto.

Realmente estaba sorprendida de lo que oía. El plan nunca había sido arruinar la Fiesta de Otoño con nuestro concurso de talentos. Solo queríamos ser parte de ella sin que se nos juzgara.

La directora Rivera deslizó una hoja de papel hacia mí. Ni siquiera tuve que mirarla para saber lo que era. El volante original de Joe.

—¿Puedes explicarme esto?

Me quedé mirando el volante e intenté pensar en qué decir, pero no se me ocurrió nada más que una completa mentira o toda la verdad, sin censura y llena de ira. Así que no dije nada.

—María Luisa, esta es una advertencia. Si tus amigos y tú entorpecen la Fiesta de Otoño, habrá consecuencias.

Me miró a la cara, buscando mis ojos, pero yo solo veía el volante.

—Te has estado portando bien, pero esto no lo voy a tolerar. ¿Entiendes?

Asentí.

—Bien —dijo, y miró el reloj en la pared—. ¿Esta es tu hora de almuerzo?

—Sí —dije.

—La mía también. —Sonrió, sacando una lonchera de su cajón—. Ve a la cafetería, anda.

Me levanté y recogí mi mochila.

—La Fiesta de Otoño es una tradición en Posada y es muy divertida —dijo la directora Rivera—. Espero que la disfrutes, María Luisa.

Sí, claro, mientras mi falda fuera lo suficientemente larga y mi presentación en el concurso de talentos fuera tradicional. Caminé rumbo a la cafetería, enojada con todos: con Joe por haber olvidado el volante en la copiadora, con Selena por ser una metiche y darle el volante a la directora Rivera, con la directora por no dejarnos tocar y con mi mamá por traerme a este lugar.

CAPÍTULO 29

Azoté mi charola contra la mesa antes de sentarme. Papá dice que, si algo me molesta, es mejor que lo diga, pero estaba demasiado enojada para saber qué decir, y se sintió muy bien golpear la mesa con la charola.

—Ey, tranquila —dijo Joe.

Lo fulminé con la mirada y mastiqué enojada un bocado de mi ensalada.

—Te ves enojada —dijo Benny—. ¿Qué pasa?

—Escuché que fuiste a la oficina de la directora —dijo Ellie, abriendo su paquete de cubiertos.

—Sí, fui a verla —dije—. Y definitivamente estoy enojada.

—¿Nos vas a decir por qué o solo te vas a desquitar con la ensalada? —preguntó Benny, mirando con compasión mi comida.

—¿De casualidad notaste que te falta algo? —le pregunté a Joe, bajando mi tenedor-cuchara.

Benny nos miró a los dos.

—¿Nos vamos? —preguntó.

—¿De qué hablas, mujer? —preguntó Joe, genuinamente confundido.

—Sí, ¿qué es lo que perdió? —preguntó Ellie.

—Dejaste el volante original en la fotocopiadora del señor Baca, tonto —dije.

—Ay, caray. Lo siento —Joe me sonrió disculpándose antes de darle un trago a su leche con chocolate—. Cuando no lo encontré, pensé que se había ido entre las copias o algo.

—Pues adivina quién lo encontró —dije.

—¿Por qué no dices lo que quieres decir? —preguntó Joe—. ¿Qué pasó?

Les conté toda la historia y luego me senté con los brazos cruzados, fulminando a Joe.

—¿Y qué? La directora Rivera sabe —dijo Joe—. ¿Cuál es el problema?

—¿No escuchaste lo que acabo de decir? Habrá "consecuencias" si lo hacemos.

—Quién iba a decir que fueras tan cobarde, María Luisa —dijo Joe, negando con la cabeza.

—No soy cobarde. *Tú* arruinaste todo el plan, *José*. ¿Cómo pudiste ser tan torpe? Si la directora Rivera piensa que queremos arruinar la Fiesta de Otoño, podrían castigarnos para siempre. O peor.

Joe se puso rojo.

—Bueno, María Luisa —dijo—, tú eres la que va por ahí hablando de ser punk. ¿Ahora qué?

—Tú no tuviste que hablar con la directora —dije—, y tu mamá probablemente te apoyaría si tuvieras problemas.

—De acuerdo, lo arruiné —dijo Joe—. Ya te pedí perdón.

—Pues una disculpa no va a arreglar esto —dije.

—Tal vez solo deberías contarle a tu... —empezó a decir Ellie, pero Joe la interrumpió.

—¿Sabes qué? Está bien. Ya me harté de todo esto de la banda —dijo Joe—. *Tú* empezaste esto, *tú* elegiste la canción, *tú* decidiste todo lo que íbamos a hacer. Supongo que *tú* puedes botarlo todo.

Joe se levantó y recogió su charola.

—Nos vemos, Ellie. Nos vemos, Benny —dijo, ignorándome.

—Esperen —dijo Ellie—. ¿Qué acaba de pasar?

—Ajá. ¿Qué, lo dice en serio? —preguntó Benny.

Yo no podía contestar porque no sabía qué acababa de ocurrir. Dejé caer un pedazo blando de lechuga iceberg desde mi tenedor-cuchara. Sonó la campana y todos juntamos nuestras charolas.

—¿Puedes creerlo? —dije, golpeando mi charola en el costado de un bote de basura con tanta fuerza que una de las señoras que ayudan en el almuerzo se me quedó viendo.

—Malú, fuiste muy dura con él —dijo Ellie—. Tal vez si hablas con él puedan encontrar una solución.

—Sí —asintió Benny—. La Fiesta de Otoño es el próximo fin de semana y hemos estado trabajando muy duro preparando el plan que a *ti* se te ocurrió, así que hagámoslo.

—¿Qué quieren que haga? —pregunté—. Si Joe se quiere salir de la banda, entonces supongo que ya no hay banda.

—Solo discúlpate y sigamos adelante —dijo Ellie.

—¿Yo? —No podía creer lo que decía—. Él dejo el volante para que lo encontrara Selena.

—Ya lo escuchaste —dijo Benny—. Fue un accidente.

Solo quería alejarme, pero Ellie y Benny me estaban bloqueando el paso, esperando que dijera algo.

—Yo termino mis proyectos, Malú —dijo Ellie. Su mirada era intensa—. Incluso dejé de trabajar en mi siguiente petición para hacer esto. No puedes dejarlo así.

—Sí. ¿Y nosotros qué? —preguntó Benny—. Yo perdí la oportunidad de tocar con los de la banda porque tú necesitabas gente para los Co-Co's.

—¿Y qué pasa con todos esos volantes que entregamos? —añadió Ellie—. Hay otros que también se quedaron fuera del concurso de talentos y están contando con presentarse en la Fiesta Alterna.

Esperé a que se movieran, realmente enojada. Finalmente, Benny se movió y me fui, pero casi no podía ver por dónde iba porque se me empezaron a llenar los ojos de lágrimas. ¿En serio era el final de los Co-Co's?

CAPÍTULO 30

me sentía como si alguien hubiera abierto los Co-Co's y hubiera tirado toda el agua que tenían.

Joe y yo no nos habíamos dirigido la palabra después de nuestra discusión del lunes. Cada día que pasada se volvía más y más difícil decirle algo. Además, él *me* debía una disculpa. Fue su culpa que me llamaran a la dirección. Empecé a llevar comida de mi casa y almorzaba en la biblioteca, para evitar a la banda, más bien exbanda, en la cafetería. Estaba otra vez exactamente donde había empezado en Posada: sin amigos y comiendo sola.

—¿Qué te pasa? —me preguntó mamá el jueves en la tarde. Estaba acostada en mi cama, con los audífonos en los oídos, escuchando una canción que me recordaba a mi papá y a mi casa. No solo se había acabado la banda, sino que, desde nuestra última conversación, me sentía incómoda hablándole a mi papá o mandándole mensajes. Aun cuando él me seguía asegurando que no, tenía miedo de que realmente pensara que estaba siguiendo los consejos de la señora Hidalgo en lugar de los suyos.

—No pasa nada —dije.

—Has estado decaída toda la semana. ¿Estás enferma?

Puso la mano en mi frente.

—No estoy enferma, mamá —dije.

—¿Te peleaste con Joe? —preguntó—. No lo has visitado estos días.

—No es nada —dije—. Estoy bien.

—¿Vas a estar bien para ir a la Fiesta de Otoño el sábado? —preguntó—. Dicen que es divertida. Y yo apoyo cualquier cosa que ayude a la escuela.

—No —dije—. No voy a ir.

Mamá suspiró y negó con la cabeza, haciendo que danzaran sus aretes ovalados de la virgen de Guadalupe. Las pequeñas Guadalupes se movían hacia adelante y hacia atrás en sus lunas crecientes, como niñas jugando en los columpios.

—Está bien, Malú. No me quiero entrometer, pero...

—Dijiste que no te ibas a entrometer.

—Pero —continuó mamá—, sé que no ha sido fácil mudarnos lejos de tu papá y de todo lo que conoces y amas, todo lo que mencionaste en el zine que me diste.

—¿Lo leíste?

Creía que ni siquiera se había tomado la molestia.

—Por supuesto que lo leí —dijo mamá.

—Entonces, ¿por qué me trajiste aquí de todas maneras? —pregunté.

—Malú, me encantó tu zine, pero sabías que no iba a cambiar nada, ¿verdad? —preguntó mamá—. Mira, sé que encontrar el Calaca y hacerte amiga de Joe te ayudó a sentirte por lo menos un poco más cómoda. No sé qué esté pasando entre ustedes dos, pero ojalá puedan resolverlo. Fue bueno verte feliz.

Me puse la almohada encima de la cara y esperé que se fuera. Probablemente era mejor que no hiciéramos el concurso de talentos. Era una tontería. ¿"Cielito lindo" en punk *rock* y yo cantando en español? Hubiéramos hecho el ridículo.

—Oye, necesito un café desesperadamente —dijo—. ¿Me acompañas al Calaca, por favor?

No había ido al Calaca en toda la semana. Pero, ¿y si Joe estaba ahí? La señora Hidalgo seguro sí iba a estar y tampoco me creía capaz de verla a la cara.

—No puedo —dije.

—Dime si cambias de opinión —dijo mamá—. Me iré pronto.

Me tapé la cara con la almohada hasta que salió de mi cuarto. El sol se colaba por las ventanas y la luz del otoño golpeaba la pared que había decorado con fotos de bandas. Descubrí que en el otoño el sol brilla exactamente como lo describen los escritores en los libros. Siempre pensé que lo habían inventado, pero es cierto que, aun si empezaba a hacer frío, todos los colores a mi alrededor se veían más cálidos e intensos, y me hacían sentir como si estuviera envuelta en una cobija calientita. Tomé mi libro y los audífonos y me fui a sentar a la entrada del edificio.

La señora Oralia estaba acampando afuera, con su música y sus materiales de crochet.

—¿Y esa cara? —preguntó, levantando la mirada.

—¿Tengo algo en la cara?

Me limpié la boca con la mano.

—Sí —contestó—. Tristeza. ¿Por qué estás triste?

Me senté en el columpio y vi cómo movía las manos rápidamente, trabajando con una sola aguja y una bola de estambre, haciendo lo que parecía otra cubierta para el papel de baño.

—Nada —dije.

—Mmm —resopló la señora Oralia—. No me caí ayer del camión de cilantro, ¿sí?

Imaginé un camión lleno de cilantro. Yo saltaría lejos de esa cosa; nada de esperar a que me cayera.

—Mi Joe también está triste —dijo—. ¿Qué pasa con ustedes?

—¿En serio? —pregunté.

Había visto a Joe en la escuela, pero no me pareció particularmente destrozado.

—¿Es amor? —preguntó con brillo en los ojos.

Sentí cómo me sonrojaba.

—Para nada —dije, un poco más fuerte de lo que había planeado.

—Mmmmmm —dijo, y sonrió.

—No lo es —dije indignada—. Nuestra banda se separó.

—Como los Beatles, ¿no? —preguntó la señora Oralia.

—No es como los Beatles —dije, aun cuando no tenía idea de por qué o cómo se habían separado los Beatles—. Es un desastre.

—Bueno, ¿y qué haces con un desastre? —preguntó la señora Oralia.

—¿Arreglarlo?

La señora Oralia no dijo nada. Solo siguió tejiendo. La puerta de la entrada se abrió y mi mamá salió. Saludó a la señora Oralia.

—Ya me voy —me dijo—. Última oportunidad de caminar con tu mamá favorita.

La señora Oralia se rio y yo puse los ojos en blanco.

—¿Tu plan es nunca volver al Calaca? —preguntó—. Sé que a la señora Hidalgo no le gustará eso.

Pensé en el café, en los panes veganos de la señora Hidalgo y en mis conchas favoritas. No quería dejar de ir al Calaca. Lo extrañaba. Extrañaba a la señora Hidalgo. Y extrañaba a Joe. Así que me levanté y le dije adiós a la señora Oralia.

—Me traen un marranito —nos gritó—. ¡Pero que no sea be-gano!

Adentro del Calaca, el aroma del café llenaba el aire y se escuchaba una banda que reconocí de nuestro primer ensayo. La señora Hidalgo estaba ocupada acomodando flores en una mesa contra la pared y levantó la vista cuando entramos.

—Magaly y Malú —nos saludó y nos hizo señas—. Vengan, quiero mostrarles algo.

—¿Una ofrenda? —preguntó mamá mientras nos acercábamos a la mesa—. Ay, Ana, es bellísima.

—¿Qué es? —pregunté.

—Es un altar para el Día de Muertos —dijo la señora

Hidalgo—. Lo hemos estado haciendo cada año desde que abrimos. Cualquiera puede traer fotos o cosas para honrar a sus seres queridos y dejarlos en este altar.

—Es una forma de celebrar y recordar —dijo mamá—. Deberíamos traer una foto del abuelo. ¿Qué opinas?

Asentí y miré las caras sonrientes en las fotos viejas y amarillentas y en las no tan viejas que había en la mesa. La superficie estaba cubierta de rebosos de distintos colores. Los cempasúchiles brillantes se veían como pequeños soles brotando de los floreros. Había cráneos blancos con ojos de lentejuelas y hermosos diseños.

—Esas calaveras están hechas de azúcar —dijo la señora Hidalgo.

—¿En serio? —abrí los ojos, impresionada—. ¿Y se pueden comer?

—Claro —dijo mamá—. A tu dentista no le va a importar.

La señora Hidalgo y ella se rieron.

—Se ve maravilloso cuando la gente empieza a traer cosas, porque la mesa se llena de toda clase de objetos, y esos objetos cuentan historias. Te dan una idea de cómo eran las vidas y los intereses de los difuntos, y lo mucho que la gente todavía los ama y los extraña —dijo la señora Hidalgo. Acarició dulcemente una harmónica reluciente y sonrió—. Esta perteneció a mi papá. Solía sentarse a tocar afuera después de cenar.

—Es hermosa, Ana —dijo mamá.

—Si tienen algo que quieran traer de su abuelo, realmente me encantaría.

—Definitivamente lo haremos —dijo mamá—. Es una

gran forma de conservar viva la tradición y compartirla con la comunidad.

—Les dejaré un hueco entonces —dijo la señora Hidalgo—. Ahora, por qué no se sientan y en un minuto les tomo la orden.

Iba a seguir a mi mamá, pero la señora Hidalgo me detuvo tomando mi brazo.

—Sé lo que pasó, Malú, y lamento mucho que Joe y tú no se hablen —dijo—. Ha estado triste toda la semana.

No sabía qué decir. ¿Serviría de algo decirle a la señora Hidalgo que yo también estaba triste por la banda?

—Está atrás, si quieres hablar, ¿de acuerdo?

—No sé —dije.

—Trabajaron muy duro los cuatro, y el mundo necesita a los Co-Co's —sonrió como si lo dijera en serio.

—Gracias, señora Hidalgo —dije.

No tenía prisa por sentarme con mamá, así que me puse a inspeccionar el librero cerca de Frida. Empezó a sonar "Cielito lindo" y escuché a Lola B. cantar como yo nunca podría. Estaba segura de que la señora Hidalgo la había puesto solo para mí. Me llamó la atención un libro de ilustraciones sobre un pájaro llamado quetzal. Las fotos mostraban una pequeña criatura verde con la cabeza erizada. Se veía como si tuviera los pelos parados... era un pajarito punk. Las plumas de su larga cola eran verdes y turquesa, y tenía plumas rojas en el pecho.

—¿Qué es eso?

Cerré el libro, señalando la página con un dedo, y me volví hacia Joe.

—Es el resplandeciente quetzal —dije, cambiando mi

peso de un pie al otro. Estaba nerviosa y no sabía qué decir, así que le mostré la página.

—Ese pájaro no es nada bonito —dijo Joe.

Se frotó la nuca. Sabía que también estaba nervioso.

—Dice aquí que el quetzal era el ave sagrada de los aztecas y los mayas —dije.

—Sagrada, ¿eh? —repitió Joe—. Qué padre.

Miré el pájaro una última vez antes de cerrar el libro y devolverlo a la repisa.

—Mi mamá me dijo que estabas aquí —dijo Joe.

—Aquí estoy —dije.

Miré mis tenis. Tallaba la cinta adhesiva de uno contra la suela del otro.

—Perdón por lo del volante —dijo Joe.

—Está bien —dije—. Perdón por haberme enojado tanto.

—Debí tener más cuidado —agregó y encogió los hombros.

—Sí, pues, está hecho —dije—. Y supongo que no era para tanto.

—¿Y qué pasa con la banda? —preguntó Joe—. ¿Realmente se acabó?

—No sé —dije—. Esta semana no ha habido banda. Eso seguro.

—Todavía podemos hacerlo —dijo Joe—. No es demasiado tarde.

—Pero no hemos practicado en días —dije—. Además, la directora Rivera conoce nuestro plan.

—¿En serio sabe cuál es nuestro plan? —preguntó Joe—. Todo lo que vio fue un volante. Gran cosa. Y no vamos a hacerlo adentro de la escuela, ¿no? Podemos empezar después de que termine el concurso de talentos. Así tendremos más público de todas maneras.

—Supongo que tienes razón —dije.

—No hay forma de que Rivera nos pueda acusar de "entorpecer" nada —continuó Joe—. Y si es así, será por una buena causa, ¿no?

Lo pensé. Ya había aceptado que la banda se separara, pero quería hacerlo. Incluso si era un riesgo.

—Anda —dijo Joe—. Era tu idea. Claro, podemos hacerlo sin ti, pero yo canto como un gato callejero.

—Eso es cierto —dije, y me reí.

—Además —continuó Joe—, los cocos tenemos que estar unidos.

—Sí, está bien —dije, fingiendo que me había obligado—. Hagámoslo.

—Espera aquí —dijo Joe—. Tengo algo para ti.

Corrió hacia la parte de atrás y regresó un minuto después. Sacó algo de una bolsa y me lo aventó. Lo estiré. Era una playera.

—Esto es lo *más* radical del mundo —dije.

La playera roja tenía el nombre de la banda y los cuatro cocos con sombreros de mariachi impresos en negro, justo como Joe los había dibujado en su cuaderno. En la parte de atrás tenía escrito nuestro lema: NO ES LA MÚSICA DE TU ABUELA.

—No puedo creer que las hicieras después de todo lo que pasó —dije.

—Las hice el fin de semana, y se las iba a entregar el lunes en el ensayo —dijo Joe—, pero...

—Ya no se hizo —terminé por él.

Enrollé la playera para que mamá no la viera.

—Entonces, ¿nos vemos el sábado? —preguntó.

—Definitivamente —dije—. Ensayemos una última vez mañana.

—Genial —dijo Joe—. ¿Y qué hay de Benny y Ellie?

—Yo me encargo de eso —dije.

Solo esperaba que todavía quisieran ser parte de la banda.

¡El día de muertos NO es el Halloween mexicano!

No se trata de estar asustado ni usar disfraces ni comer dulces.

Se trata de recordar a la gente que amas y que ya murió. ¡Y de darles la bienvenida!

La gente que lo celebra
hace cosas para recibir
a los espíritus de los
muertos, como limpiar sus
tumbas y hacerles altares.

("ofrendas")

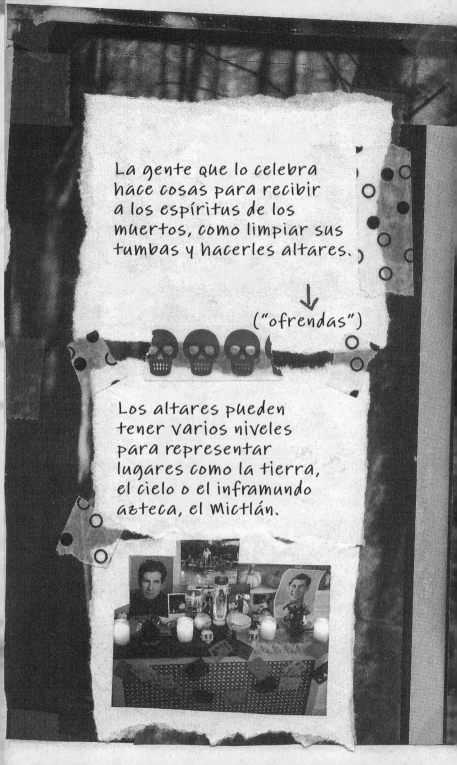

Los altares pueden
tener varios niveles
para representar
lugares como la tierra,
el cielo o el inframundo
azteca, el Mictlán.

Cualquiera puede hacer una
ofrenda para sus seres queridos.

Solo necesitas
algunas cosas.

fotos

alimentos
favoritos

objetos personales

calaveras
de azúcar

incienso
(copal)

velas

pan de muerto

cempasúchiles

agua

sal

Pero sobre todo necesitas amor y recuerdos. ¡Pon tu ofrenda y honra a tus seres queridos el 1 y 2 de noviembre!

No fue fácil conseguirlos,
pero voy a dejar una
bolsa de los dulces
favoritos de mi abuelo en
la ofrenda del Calaca.

¡Gomitas de naranja!

no es una babosa,
¡a pesar del parecido!

Esta es una de las imágenes más famosas que ves el Día de Muertos. Se llama La Catrina, y la creó...

José Guadalupe Posada
★ ★ ★ ★ ★ ★ ★ ★

Es conocido por sus calaveras (cráneos 💀). Se ven como personas que hacen cosas comunes. Nos recuerdan que, a pesar de nuestras diferencias, todos somos iguales.

GENiAL

CAPÍTULO 31

Les mandé un mensaje a todos pidiéndoles que nos encontráramos en nuestra mesa de la cafetería el viernes. Y luego me preocupé de que nadie llegara. Estaba tan nerviosa que metí las muñecas quitapenas en los bolsillos de mi *jean* para que me acompañaran a la escuela ese día.

Decidí llegar a la cafetería algunos minutos tarde, por si nadie aparecía. Comer sola no es divertido, pero comer sola porque te dejaron plantada es mucho peor. Pero cuando me asomé por la ventana de la cafetería vi el cabello pelirrojo de Ellie. Estaba sentada junto a Benny y frente a Joe. Olvidé la fila de la comida y me fui directamente a la mesa.

—Miren quién llegó —dijo Joe, metiendo un tenedor-cuchara en su puré de papa—. ¿Cómo te va, María Luisa?

Benny levantó la mirada y asintió. Ellie dijo hola, pero no sonrió.

—¿Puedo sentarme con ustedes? —pregunté.

—Tú nos pediste que viniéramos —dijo Benny.

Joe señaló el asiento junto a él. Me senté y respiré hondo. Me sentía mucho más nerviosa que al cantar. Al menos, aquellos eran nervios de emoción, de felicidad. Estos eran nervios de los que te retuercen el estómago.

—Necesito ver al señor Jackson para organizar una entrega de comida enlatada en Navidad —dijo Ellie—. Así que, ¿de qué se trata, Malú?

Tenía la misma mirada intensa de cuando nos vimos la última vez en la cafetería.

—Está bien —dije, preguntándome si podían escuchar los latidos de mi corazón—. Sé que están enojados conmigo y no los culpo. Solo quería decirles que... lo siento.

—¿Qué sientes? —preguntó Joe, animándome a seguir.

—Siento haber reaccionado así porque Joe olvidó el volante en la fotocopiadora —dije—. Y lamento no haber luchado por mantener unida a la banda.

—Fantástico, gracias —dijo Ellie, juntando su basura en la charola y levantándose—. Me tengo que ir. Nos vemos, chicos.

—Espera —dije—. No he terminado.

Saqué un sobre amarillo grande de la mochila. Me había pasado toda la noche trabajando en un zine y llegué temprano a la escuela para ver si el señor Baca me dejaba sacarle copias antes de la primera clase. Saqué tres zines y se los entregué.

—¿Qué es esto? —preguntó Benny, hojeándolo.

—Es un zine que hice de la banda —dije—. Entiendo totalmente si ya no quieren hacer el concurso de talentos. Pero, si todavía quisieran, en serio me gustaría.

En ese momento sentí que estaba sentada detrás de una máquina de rayos X y todos podían ver lo que tenía adentro. Mi corazón latiendo como loco, mi estómago enroscado, mi esperanza y, más que nada, el miedo de que ya no quisieran estar en la banda. Esperé a que cada uno terminara de leer el zine. Ellie cerró el suyo primero. Contuve el aliento, esperando que dijera algo.

El zine era mi versión de *El mago de Oz*. Ellie era el Espantapájaros inteligente, Benny era el León Valiente y Joe era el Hombre de Hojalata, puro corazón. Estuve a punto de poner a Selena como la Bruja Mala del Oeste, pero decidí darle ese papel a la directora Rivera. La señora Hidalgo era Glinda. Y yo era Dorothy, por supuesto. Viajábamos juntos por el camino amarillo y nuestro destino era la Fiesta Alterna.

—Es realmente genial, Malú —dijo—. También me da gusto que seamos una banda. Y claro que seré tu Espantapájaros.

—¿Eso quiere decir que todavía quieres llegar hasta el final? —pregunté.

Ellie se acercó a mí y me abrazó.

—Ya sabes que así soy —dijo.

Ambas nos reímos. Le regalé una inmensa sonrisa.

—Pues, ya sabes que cuentas conmigo, María Luisa —dijo Joe—. ¿Tú qué dices, Benny?

Todos nos volteamos hacia él. Era el único músico de verdad entre nosotros, y lo necesitábamos.

—Benny —dije—, sé que pudiste tocar con otros en la

Fiesta de Otoño, pero elegiste nuestra banda. Eso significa mucho para mí. Lamento haber actuado como si no.

—Tal vez la banda sea algo que ustedes hagan por diversión —dijo Benny—, pero yo me tomo la música en serio. Así que, sí, me decepcionó mucho.

—También es importante para mí —dije, esperando que pudiera ver mi honestidad—. Por favor, di que tocarás con nosotros.

—¿Por favor? —le pidió Joe, haciéndole ojitos a Benny.

—¿Por fa? —añadió Ellie.

Benny se resistía, pero su boca dibujó lentamente una sonrisa.

—Está bien —dijo—. Este León Valiente no puede dejar que una bola de mensos lo hagan solos.

—¡Sí! —salté de mi asiento y bailé de felicidad—. ¡Los Co-Co's están de vuelta!

Una de las supervisoras me miró feo. La saludé tímidamente y me volví a sentar.

—¿Ensayamos hoy? —preguntó Benny—. Por lo menos deberíamos ensayar una vez, ya que perdimos toda la semana. Los Co-Co's nunca serán una verdadera banda si no practicamos.

—Así es, maestro —dijo Joe.

—Tiene razón —dije—. ¿Nos vemos en casa de Joe después de clases?

—Claro —dijo Ellie—. Ahora, en serio, me tengo que ir. El señor Jackson me está esperando en la biblioteca.

—¿Puedo ir contigo? —pregunté—. Puedo ayudar con la entrega de comida enlatada.

—No tienes que hacerlo —dijo Ellie, recogiendo su

mochila y su charola—. Estoy en la banda de todas maneras. Y sabes que las entregas de comida no son precisamente muy punk.

—Ayudar a la gente es totalmente punk —dije y sonreí, dándome cuenta de que, además de ayudar, sería una oportunidad para conocerla mejor.

—Entonces, sí —dijo Ellie—. No voy a rechazar la ayuda.

Nos despedimos de Benny y de Joe, pero se me ocurrió algo cuando íbamos saliendo.

—Te veo ahí —le dije a Ellie—. Tengo que pedirle algo a Joe.

Joe estaba en la fila de la comida, tomando otra leche con chocolate. Pasé por la mesa de la Bola de Dulces y deseé que Selena no me detuviera.

—¿Qué es *eso*? —escuché que chilló Diana.

Estaba viendo el celular de Selena por encima de su hombro. Le di un vistazo a la pantalla y vi a una niña bailando con el cabello muy rizado, realmente enorme, como el cabello de las muñecas para el papel de baño de la señora Oralia. Llevaba un vestido verde con una falda circular y calcetines blancos hasta el tobillo, y zapateaba y pateaba mientras sus rizos brincaban como si fueran resortes.

—Es una danza irlandesa —dijo Selena, apagando rápidamente su teléfono.

—¿Por qué estás viendo ese baile de raritos? —preguntó Diana, riéndose. Vi que Selena se puso roja, se levantó y guardó su teléfono en el bolsillo trasero de su *jean*.

Nunca había visto a Selena avergonzada, así que

hice lo único que puedes hacer ante algo impactante: me le quedé viendo. Selena lo notó y sus ojos me atravesaron.

—¿Qué? —dijo.

Miré hacia el otro lado y apuré el paso.

—Pensé que ibas a recolectar latas —dijo Joe, limpiándose el bigote de leche cuando me acerqué.

—Así es —dije—. Pero necesito tu ayuda con algo mañana. Temprano. ¿Puedes ir a mi casa?

Me miró con sospecha.

—¿Lo voy a lamentar?

—No es nada malo —dije—. Lo prometo.

—Ahí estaré, amiga.

—Gracias —dije, aliviada. Definitivamente no era un trabajo que pudiera hacer sola. Se sentía bien tener un amigo con quien contar.

CAPÍTULO 32

El sábado en la mañana desperté antes de que sonara mi alarma y salté de la cama como si tuviera resortes en los pies. Saqué la ropa que había elegido la noche anterior: mi playera de Co-Co's, con el cuello y las mangas recortadas, encima de un top corto y rojo, una falda recta color turquesa encima de unas mallas verdes fosforescentes, y mis Converse plateados. Estaba *rockeando* mis colores de quetzal para darme suerte. Para terminar, me puse pulseras negras de plástico en el brazo derecho.

En la cocina, mi mamá estaba acomodando panqueques en un plato.

—¿Panqueques de moras azules y nueces de la India? —pregunté—. ¿Qué celebramos?

—¿Por qué necesita ser una ocasión especial para preparar panqueques? —preguntó mamá.

—Porque sueles preparar panqueques de moras azules y nueces de la India para desayunar en ocasiones especiales —dije, sentándome a la mesa.

—Pues, feliz fin de semana —dijo mamá, y dejó un plato frente a mí—. Pensé que podíamos desayunar algo especial. Has estado tan apagada últimamente que pensé en animarte.

—Gracias, mamá —dije, todavía sospechando.

—Además, es bueno cambiar las cosas de vez en cuando.

—Sí, claro.

Estaba de acuerdo. Vertí jarabe de maple sobre mis panqueques.

—Te ves bien hoy —dijo mamá.

—Mamá, ¿te sientes bien? —pregunté—. Me preocupas.

—Estoy muy bien —dijo—. ¿No puedo decirte que te ves bien?

—En serio, me estás poniendo nerviosa.

—Me gusta esa playera, por cierto —dijo.

—Ah, gracias. La hizo Joe —dije, metiéndome un bocado de panqueques a la boca y esperando que no me hiciera más preguntas.

Pensé en algo que mi mamá decía a veces, sobre enredarte con tus propias mentiras. ¿Podría verme la culpa en la cara?

—Entonces, ¿se contentaron? —preguntó, guiñando un ojo.

—Mamá, por favor.

—Está bien, está bien —dijo—. Me voy. Tengo que ir a la oficina. Necesito entregar las calificaciones de mitad de semestre y todavía me tengo que leer muchos ensayos. Ni siquiera sé si llegaré a la Fiesta de Otoño.

Se me había pasado que mi mamá planeaba asistir a la Fiesta de Otoño. Pero eso funcionaba perfectamente. Si no iba a poder llegar, entonces no había nada de qué preocuparse.

—Gracias por los panqueques —dije.

Me abrazó por atrás y me besó en la mejilla.

—Te amo.

Le pasaba algo, pero no tenía tiempo de preguntarme qué era. Tenía otras cosas en qué preocuparme. Joe iba a llegar pronto y mi estómago se sentía como el interior de una máquina de palomitas, llena de granos a punto de explotar.

En el baño, me incliné hacia el lavabo y me lavé la cara con agua fría. Cuando me levanté, vi mi reflejo en el espejo. Traía recogido el cabello en dos trenzas, como siempre, pero no por mucho tiempo más. Sonó el timbre y le abrí la puerta del edificio a Joe.

—Amiga —dijo Joe cuando abrí la puerta del apartamento—, deberías preguntar quién es. Nunca sabes si es el Cucuy y te mete en una enorme bolsa de basura.

—Sabía que eras tú —dije—. Aunque sí te ves como el Cucuy.

Me reí y Joe me quiso pegar con su enorme bolsa de productos. En realidad, no se veía como un espanto.

—¿Segura que quieres hacerlo? —preguntó Joe.

—¿Seguro que sabes lo que estás haciendo? —contesté.

—Deja que el maestro te enseñe cómo se hace —dijo—. Pero primero ponte algo que no te importe manchar.

Me cambié en el cuarto y me puse una playera vieja y unos pantalones cortos. Definitivamente no quería manchar mi atuendo para el escenario.

—¿Lista?

—Sí sabes hacerlo, ¿verdad? —pregunté.

—Pasemos a mi oficina —dijo Joe, entrando primero al baño—. Estás en buenas manos.

Todo el proceso tomó más tiempo de lo que había planeado, y el olor de los químicos me irritaba los ojos y la nariz. Estaba bastante segura de que un par de niños como nosotros no deberían estar jugando con decolorantes para el cabello. Pero al fin Joe estuvo listo para mostrarme su trabajo.

—No me quedó nada mal —dijo, asintiendo.

Me giré para ver cada uno de los lados de mi cabeza.

—Déjame ver la parte de atrás —dije.

Joe me dio un espejito y lo sostuve para verme. Había cortado casi todo mi cabello. Era lo más corto que lo había traído en mi vida, rasurado por ambos lados, con un fleco largo. El decolorante que me aplicó en el fleco le dio un tono amarillo parecido a los cempasúchiles de la ofrenda de la señora Hidalgo. Decidí teñir solo mi fleco, dado que iba a tener que pintarme el cabello después del fin de semana, o me arriesgaba a violar el código de vestimenta. Me latía el corazón rapidísimo solo de pensar en la reacción que tendría mi mamá cuando lo viera.

—No tenemos tiempo para ponerlo más rubio —dijo Joe—. Espero que el color esté bien.

—Gracias por hacer esto.

—No hay problema —dijo Joe—. Si no logro hacerla como artista, siempre puedo pintar pelo.

—¿Puedo hacerte una pregunta?

—Claro —dijo Joe—. Pero no prometo responderla.

—¿Por qué tenías el cabello pintado de azul el primer día de clases? —pregunté—. No eres precisamente muy punk.

—Me gusta el azul. No hay más —dijo Joe—. Y no hay ninguna regla que diga que solo los punks se pueden pintar el pelo, ¿o sí?

—Supongo que no —dije.

Lo miré de arriba a abajo. Estaba vestido en su estilo usual de Henry Huggins, como un repartidor de periódicos de los años cincuenta. Hoy llevaba una playera rayada y unos *jeans* con el bajo enrollado.

—Tu problema es creer que el punk se trata de la ropa —dijo con una sonrisa cínica— o de la música que escuchas.

—Bueno, en parte —dije—. Más o menos.

—Como tú digas, María Luisa —dijo subiendo los hombros—. ¿Estás lista, niña punk?

Joe sostuvo en alto el contenedor de tinte para el cabello.

—Sí, sigue trabajando —dije—. Se nos está acabando el tiempo.

—Oye, a tu mamá no le va a dar un ataque o algo así, ¿verdad?

—No te preocupes —dije, intentando que nos sintiéramos mejor los dos.

—Tú mandas.

Joe abrió el tinte y empezó a untar el contenido en mi cabello.

—¿Sabías que el verde era el color sagrado de los aztecas? —preguntó.

—¿Cómo te enteras de esas cosas?

—Leo libros —dijo Joe—. Deberías intentarlo.

—Qué chistoso.

Esperamos en mi cuarto a que se fijara el tinte. Trabajé en un zine mientras Joe dibujaba en su cuaderno, y nos turnábamos para escoger la música.

—Voy a empezar a trabajar en mi zine de cómics —dijo, mostrándome una página en la que había dibujado viñetas de un cómic de ocho páginas.

Levanté mis pulgares.

Cuando sonó la alarma de mi teléfono, Joe se levantó.

—Hora de enjuagarte —dijo—. Esperemos que sí se vea verde.

Regresamos al baño, donde agaché la cabeza a un costado de la tina. Pero no tuvimos oportunidad de enjuagar nada porque escuchamos la puerta del apartamento.

—Malú, ¿estás aquí?

—Ay, no, mi mamá —dije—. No pensé que volviera tan pronto.

—Creo que nos agarraron con las manos en... ¿lo verde? —dijo Joe.

—No es momento de bromas —dije—. ¡Estoy en el baño! —le grité a mi mamá. Escuché sus pasos haciendo crujir el piso del pasillo, cada uno marcando la cuenta regresiva hacia lo que seguramente iba a ser un ataque épico.

—¡Ave María purísima! —dijo cuando apareció en la puerta.

Sabía que estaba en problemas cuando mi mamá se ponía religiosa e invocaba a la Virgen María. Miró el baño, calculando los daños.

—Pero, ¿qué hicieron?

Joe se sentó en la tapa del inodoro. Había mechones de cabello en el suelo, alrededor de sus tenis. El cabello que me quedaba lo tenía metido en un gorro de baño, aunque no me cubría lo suficiente como para evitar que goteara, goteara y siguiera goteando. Una salpicadura verde cayó sobre mi pie. Mi mamá miró mis tenis y luego a mí. Hasta ese momento me di cuenta de que había verde por todas partes. En nuestras manos, en mi playera, en el lavabo, en el piso.

El contenedor de tinte para cabello Iguana Neón marcaba un aro verde encima del tanque del inodoro, un poco demasiado cerca de la muñeca que la señora Oralia nos había regalado. Aunque se salvó su falda amarillo limón, la muñeca no tuvo la misma suerte. Pensé que mejoraba mucho su aspecto, pero considerando la reacción de mi mamá, creo que ella no estaba de acuerdo.

—¡Fuera! —dijo mamá.

—¡Pero, mamá, me lo tengo que enjuagar!

Señalé mi cabeza, temiendo tocarla y embarrar más el tinte verde.

—Tú no —dijo—. Creo que es momento de que te vayas, Joe.

Joe le sonrió avergonzado y juntó un par de guantes de plástico, un tazón de plástico y el contenedor medio vacío de tinte para cabello en una bolsa del supermercado.

—Adiós, señora Morales —dijo.

—Adiós, Joe —dijo mi mamá en un tono nada feliz.

—Te veo en la escuela al rato —me dijo Joe desde la puerta—. Si "ya sabes quién" te deja salir, claro.

Miró a mi mamá, moviendo levemente las cejas.

—Vas a limpiar esto, señorita —dijo mamá.

Salió del baño y volvió con el recogedor en una mano y la escoba en la otra. Su expresión era de sorpresa, como si viera mi cabello por primera vez.

—No puedo creer que dejaras el cabello en el suelo —dijo mamá.

Pateó un mechón de cabello antes de dirigir su atención al resto del baño.

—Ay, Malú —dijo—. Mira este desorden.

Vio la toalla que tenía en las manos, que antes era amarilla y ahora tenía manchas verdes. Había un par de toallas más del mismo juego en una pila junto al radiador.

—Pero, ¿qué te poseyó para que hicieras algo así? —preguntó.

Después de observar el piso, estaba de acuerdo con ella. Parecía que había dejado todo mi cabello en el suelo. Pensé que ese no era el mejor momento para contarle de la banda y explicarle que no podía estar en una banda punk con mis trenzas de niñita.

—Limpia todo —dijo—. Incluyéndote.

Salió del baño y empecé a trabajar. Barrí hasta juntar

todo el cabello en el bote de la basura y limpié el tinte verde de todas las superficies lo mejor que pude.

Cuando terminé, me desvestí y me metí a la tina, dejando correr el agua caliente sobre mí. Corrían ríos verdes por todas partes, que se mezclaban con el agua y formaban remolinos verdes en el fondo de la tina antes de irse por el drenaje. Me tallé fuerte el cuello, intentando quitarme todos los cabellitos que tenía pegados.

Finalmente, cuando el agua corría casi clara, salí de la tina. Limpié la condensación del espejo y me miré. Mi fleco no era del mismo tono del frasco de Iguana Neón, pero era verde.

—Fantástico —le sonreí a mi reflejo.

PÁJARO PUNK ROCK

es decir

EL RESPLANDECIENTE QUETZAL

- Vive en los bosques nubosos de Centroamérica.

- Tiene plumas azules y verdes en las alas, en la cola y en la cresta, y plumas escarlatas en el pecho.

- Los gobernantes y los sacerdotes de las culturas azteca y maya utilizaban las plumas de la cola de los machos, ¡que pueden crecer hasta 3 pies de largo!

CONSEJO del QUETZAL

#1:

¡Elige el color más brillante y más hermosamente raro!

Los quetzales no están en peligro de extinción, pero sí están amenazados. ¡Salva al quetzal!

¡Verde quetzal!

Puedo sugerir...

¡Rojo resplandeciente!

¡Azul de bosque nuboso!

CONSEJO del QUETZAL

*2:

¡Vas a tener que decolorar el cabello oscuro! Esto puede tomar un rato e involucra químicos, así que sería bueno que tuvieras un libro a la mano.

¡Y un adulto también!

A los cazadores no se les permitía matar quetzales. Los dormían con cerbatanas, les quitaban las plumas y los dejaban en libertad.

CONSEJO del QUETZAL
❋ 3:

Necesitas tener a la mano
algunas cosas...

Para la línea del
cabello + las orejas. A
menos de que quieras
que acaben del mismo
color que tu cabello.

1.
vaselina

Para que no te
manches las
manos.

2.
guantes de
plástico

3.
playera
vieja

Para que
no manches
una buena
playera.

4.
PASTA de DIENTES

Se supone que
desmancha la piel si
te cayó tinte.

No me funcionó, pero tal vez
fue porque mi mamá compra una
pasta "natural". ¡Aunque sí te deja
oliendo a menta fresca!

¡Volvamos a lo nuestro!

CONSEJO del QUETZAL #4:

Saca del lugar todo lo que no quieras que se manche. Es en serio.

Cubre el piso con periódico si puedes. ¡Y no uses tus toallas buenas!

Todo tu trabajo duro está a punto de dar frutos.

CAPÍTULO 33

¿**P**or qué estás tejiendo? —pregunté.

Mi mamá estaba sentada en el sillón con su monstruo de lana. Levantó la mirada de las agujas con el ceño fruncido.

—Porque tengo ganas de tejer.

—Ajá —dije—. Solo tejes cuando pasa algo.

—Crees que me conoces muy bien, ¿no?

Encogí los hombros.

—Sé que esa bufanda es señal de que pasa algo —dije.

—Tal vez tejo para tranquilizarme. ¿De qué se trata eso? —dijo y señaló mi cabeza con una aguja de tejer—. ¿Es parte de tu fase rebelde?

—No me estoy rebelando, mamá —dije, aun cuando quizá sí lo estaba haciendo—. Me gusta cómo se ve mi cabello.

Me pasé los dedos por entre los mechones húmedos y acaricié mi cabeza. Se sentía suave, como terciopelo.

—De todas maneras, es solo cabello —dije.

—Sí —dijo mamá—. Eso es exactamente lo que tu papá diría. Es solo cabello. Es solo ropa.

—¿Qué tiene de malo mi ropa? —pregunté—. Esta mañana dijiste que me veía bien.

Me había vuelto a poner el atuendo que elegí para la Fiesta de Otoño, al que le había agregado un suéter rojo que era de mi papá y me quedaba grande. Antes de salir del baño, miré una foto genial de Teresa Covarrubias que tenía impresa y delineé mis ojos de negro como su estilo de gato. También me puse lápiz labial oscuro y gel en el cabello para que se levantara un poco y el fleco me cubriera un ojo. Mi mamá ya estaba enojada por el cabello, así que daba igual si remataba con el maquillaje.

—¿Sabes a quién te pareces? —dijo mamá—. A la Chilindrina. Pero con cabello verde. No, espera. Ya sé. ¡Te ves como la hija de la Chilindrina y Nosferatu!

Mamá se olvidó de su molestia y se rio de su propia broma.

—Recuerdas a la Chilindrina, ¿no? Salía en ese programa que solías ver con tu abuelo.

—Sí, me acuerdo —dije—. Y probablemente es lo más horrible que me has dicho.

La Chilindrina siempre usaba un suéter rojo torcido en la espalda, como si no supiera vestirse a sí misma, lentes de armazón grueso y el cabello en dos colitas.

—Eso es lo que ustedes son, tú y Joe —dijo mamá—. La Chilindrina y el Chavo del Ocho. Un par de revoltosos.

Se rio con más fuerza.

—No es de risa, mamá.

Mi mamá intentó hablar, pero no podía de tanta risa.

—Está bien, me alegra que te parezca tan gracioso —dije—. ¿Por qué no puedes ser buena onda como papá?

La miré ahí sentada, con el cabello largo cayendo sobre los hombros. Traía un rebozo morado sobre una playera, y unos *jeans*. Tenía las piernas cruzadas y llevaba sandalias de cuero de color café. Una le colgaba del dedo gordo. No podía comprender cómo mis padres pudieron estar juntos. Mi mamá definitivamente era de un planeta completamente distinto al de mi papá y mío.

Finalmente dejó de reír y respiró.

—Uno de los dos tenía que ser el "mala onda", el maduro —dijo, dejando su tejido en la bolsa, junto al sillón.

Crucé los brazos y esperé que me dijera cuál iba a ser mi castigo, deseando que no me prohibiera ir a la Fiesta de Otoño.

—Necesito que acompañes a la señora Oralia a la Fiesta de Otoño —dijo mamá, limpiándose las lágrimas de los ojos—. ¿Puedes hacerlo?

—¡Sí! —dije, con más entusiasmo del que tendría en otras circunstancias—. Entonces, ¿puedo ir?

—Sí, puedes ir —dijo mamá.

—¿*Tú* vas a ir a la Fiesta de Otoño? —pregunté, sin querer tentar a la suerte.

—No lo sé —dijo mamá—. Traje algunos exámenes que tengo que calificar, así que veremos qué tanto puedo adelantar en las siguientes dos horas.

—¿Y no estás enojada por mi cabello?

—Oh, estoy enojada —dijo, levantándose—. Pero tú

eres la que tiene que andar por ahí viéndose como una Chilindrina de cabello verde. Espero que no le provoques un infarto a la señora Oralia.

Mamá se rio mientras se alejaba, pero yo estaba demasiado aliviada por no perderme el concurso como para molestarme por sus bromas.

Fui a mi cuarto, recogí mis muñecas quitapenas y las puse en un bolsillo de mi mochila. Luego me tomé una foto para mandársela a papá. Para cuando salí de mi cuarto, mamá ya estaba en el pasillo, platicando con la señora Oralia.

—Aquí está —dijo mamá—, su colorida escolta.

—Pelo verde —dijo la señora Oralia con una carcajada—. Ay, ya nada me sorprende de estos niños.

—Pues me alegro —dijo mamá—. Malú, ayuda a la señora Oralia con las escaleras. Ojalá pueda alcanzarlas en un rato.

"Ojalá no", pensé mientras la señora Oralia tomaba mi brazo y empezábamos a bajar las escaleras con cuidado.

—Dime, ¿por qué los niños le hacen eso a su pelo? —preguntó la señora Oralia—. No lo entiendo.

Medité la pregunta de la señora Oralia y pensé en lo que yo misma le había preguntado a Joe sobre su cabello azul.

—No lo sé —dije—. Me gusta cómo se ve. Además, no quiero verme como todos los demás. Quiero ser única.

—Pero te ves como todos los demás que se pintan el pelo de algún color llamativo, ¿no? —preguntó.

—Sí, supongo —dije.

La señora Oralia negó con la cabeza.

—No entiendo —dijo—. No sé por qué intentan resaltar tanto.

—Es difícil de explicar —dije—. Solo sé que me gusta mi cabello así. Me hace sentir bien. Como si estuviera siendo yo.

—Bueno, si eres feliz y no le estás haciendo daño a nadie, ¿a quién le importa?

—¿Qué opina usted de mi cabello, señora Oralia? —pregunté.

—¿La verdad?

—Sí, claro —dije.

—Yo hubiera escogido morado —contestó, y se tocó el cabello—. ¿Qué dices?

—Creo que se vería genial con el cabello morado —dije.

—¿Sabes qué creo que pareces?

Esperé que se riera de mí como mamá.

—Te ves como un pajarito quetzal —dijo, y me guiñó un ojo.

De alguna manera, la señora Oralia sabía que eso era exactamente lo que quería lograr.

CAPÍTULO 34

Después de dejar a la señora Oralia en el auditorio, salí para reunirme con la banda. El estacionamiento de la Secundaria Posada parecía un cuento de hadas otoñal. Estaba decorado con pacas de heno, calabazas y globos rojos y naranjas. También habían colgado enormes guirnaldas de papel de colores. Había una enorme mesa de comida y bebidas. La señorita Anderson, la maestra de pintura, vaciaba azúcar rosa en una máquina para hacer algodón de azúcar. Me quedé viendo cómo se convertía lentamente en una telaraña rosa.

—Ay, ¿qué le pasó a tu pelo, María Luisa? —Selena se acercó y casi se le salieron los ojos cuando me vio.

El remolino hipnótico del algodón de azúcar me ayudaba a mantener bajo control el pánico que sentía por nuestro concurso secreto. Selena era la última persona que quería ver.

—¿Te caíste en alguna clase de desecho tóxico? —me preguntó, arrugando la nariz.

—¿Tú te caes en alguna clase de desecho todas las mañanas? —pregunté, arrugando mi nariz también.

Selena traía puesta una falda larga fucsia y una blusa blanca con flores bordadas en el cuello, con los hombros descubiertos. Su cabello estaba peinado en una elaborada corona de trenzas. Tenía los labios pintados de rojo brillante y rubor en las mejillas, y sus ojos estaban maquillados. No se veía como si acabara de caerse en desechos tóxicos. Se veía como si hubiera venido a bailar y a triunfar.

La señorita Anderson nos ofreció dos conos de papel con nubes de azúcar rosa.

—No, gracias —dije.

Mi estómago no podría retener nada de comida. Pero Selena tomó el suyo y lo mordió.

—Sabes que teñirte el pelo va en contra del código de vestimenta, ¿no? —dijo.

—Por supuesto que lo sé —respondí—. No te preocupes por mí ni por el código de vestimenta.

—Qué mal que tu concurso de talentos no se vaya a hacer —dijo y dibujó una amplia sonrisa con sus labios rojos. Tenía un pedacito de algodón de azúcar pegado en el labio.

Los nervios y la ira hirvieron dentro de mí como un proyecto de ciencias, como si alguien hubiera vertido vinagre en un volcán lleno de bicarbonato de sodio.

—Y qué mal que no pudieras tomar clases de danza irlandesa —dije—. Lástima que tu mamá dijera que no.

No sabía por qué lo había dicho, pero salió de mi boca como... desecho tóxico. Tan pronto como lo dije, me sentí terrible. Especialmente cuando vi la expresión de Selena. Parecía que le había dado una bofetada. La vi morderse el interior del labio. Finalmente, abrió la boca para decir algo, pero no salió nada. Dio media vuelta y empezó a caminar.

Antes de darme cuenta, estaba caminando rápido para alcanzarla.

—¡Espera! —grité.

Se detuvo, pero no se volvió. Busqué en mi mochila y encontré lo que estaba buscando.

—Toma —dije.

Le entregué una de nuestras copias del volante para la Fiesta Alterna.

—¿Qué es esto? —preguntó, mirándolo—. O sea, sé lo que es, pero ¿por qué me lo das?

—Todavía vamos a hacer nuestro concurso —dije—. La mamá de Joe nos va a ayudar. Si quieres, puedes participar.

—¿Y por qué haría eso? —preguntó Selena—. Ya soy parte del concurso de talentos. Del *verdadero* concurso.

—Ya lo sé —dije, y encogí los hombros—. Pero si decides que quieres hacer algo diferente, algo que siempre hayas querido hacer y no hubieras podido, de eso se trata la Fiesta Alterna.

Selena miró el volante y luego a mí. No chasqueó

los dientes ni me empujó. Estaba en silencio y me era difícil leerla.

—Olvídalo —dije—. Consérvalo o tíralo. Da igual.

No sabía qué más decir, así que me fui de regreso a donde había quedado encontrarme con la banda. Vi que Selena dobló el volante y lo metió en el bolsillo de su falda antes de entrar al auditorio.

CAPÍTULO 35

Que empiece la función —dijo Joe, trotando hacia mí—. ¡Aaah, algodón de azúcar!

De su cuello colgaba un enorme sombrero negro de mariachi.

—¿Qué es *eso*? —pregunté.

—¿Qué crees que es? —dijo Joe—. Amiga, no tienes idea lo difícil que es evitar que esta cosa se aplaste. Es enorme.

Jaló el sombrero y se lo puso.

—¿Es en serio? —pregunté.

Benny se acercó y detrás, Ellie. Ambos traían sombreros de mariachi similares.

—¿Lo planearon y no me dijeron?

—¿Estás enojada? —preguntó Joe.

—¿O celosa? —añadió Benny, y ambos se rieron.

—Pues, sí —dije.

—No te preocupes —dijo Ellie y me puso en la cabeza

un sombrero similar que había estado ocultando detrás de su espalda—. ¿En serio crees que no te íbamos a traer uno?

—Te complementa a la perfección —dijo Joe.

—Debiste ver tu cara cuando creíste que no te daríamos un sombrero —dijo Benny, empujándome de broma.

—Ay, ajá —dije.

Vi nuestro reflejo en la ventana. Joe, con su atuendo tipo Henry Huggins; Benny, alto, con el cabello largo y cargando el estuche de su trompeta; Ellie, con su chaqueta militar llena de pines y su largo cabello pelirrojo asomándose bajo el sombrero, y yo. Un grupo de bichos raros con playeras iguales y sombreros de mariachi. Nos veíamos ridículos y magníficos al mismo tiempo.

—No podemos entrar así al auditorio —dije—. Los cuatro con sombreros de mariachi, nos delataría.

Dejamos los sombreros en la biblioteca y entramos al auditorio junto con los demás, hijos y padres, para ver una parte del concurso de talentos aprobado por la directora antes de encontrarnos con la señora Hidalgo.

La directora Rivera subió al escenario y le dio la bienvenida al público. Dijo que se trataba de "una celebración muy especial" y explicó por qué era importante, en ese trigésimo aniversario, recordar a Posada, el hombre que había representado con orgullo al pueblo y a la cultura mexicana a través de su arte. Mostró diapositivas de sus grabados, incluyendo el famosísimo esqueleto de mujer con sombrero.

—Estoy segura de que Posada estaría orgulloso de los estudiantes que representan esta noche a la cultura mexicana —concluyó la directora Rivera—. Por favor, préstenles toda su atención y disfruten el espectáculo.

Todos aplaudieron mientras se apagaban las luces.

—¿Alguno de ustedes ya se puso nervioso también? —murmuró Joe cuando empezó el primer número.

—Sí —dije, viendo al niño tocar el violín—. Voy a vomitar.

—No te pongas mal ahora —dijo Benny.

Sacó un chocolate del bolsillo de su chamarra y le quitó la envoltura.

—¿Cómo puedes comer? —pregunté.

—Tengo hambre —dijo subiendo los hombros—. ¿Quieres una mordida?

Saqué mi lengua pretendiendo vomitar.

—Ay, por favor —dijo Ellie—. No están nerviosos de verdad, ¿o sí?

—Sí, va a ser divertido —dijo Benny.

—Ajá. Divertido —me hundí en el asiento para mirar el espectáculo.

Una niña del octavo grado cantó una canción conocida. Su voz se quebró recién abrió la boca. Yo conocía esa sensación.

—¿Y si me pasa eso a mí? —le murmuré a Ellie.

—No te espantes —dijo—. Te va a ir súper bien.

—La niña terminó su canción, pero salió corriendo del escenario, casi llorando. Tragué saliva cuando vi a la señora Larson acercarse a ella detrás de las cortinas.

Cuando fue el turno de Selena, salió erguida, sosteniendo su falda extendida entre las manos. No se veía nerviosa en lo absoluto, como si eso fuera algo que hiciera todo el tiempo, y recordé todos los premios de la academia de danza. Luego empezó a sonar la conocida guitarra de "La bamba".

—Mi canción —dijo Joe, emocionado.

Durante los siguientes minutos vimos a Selena dar vueltas, agacharse y zapatear al ritmo de la música, siempre con una enorme sonrisa en la cara. Si eso hubiera sido una película, se le habría roto un tacón y habría salido corriendo del escenario, mortificada. Pero no era una película. Terminó la canción sin ningún problema. Al final, incluso se quitó su collar de dulces y se lo aventó al público. Los niños saltaron de sus asientos y se pelearon por él, como si fuera una estrella de *rock*.

Conforme iban terminando los números, sentía la lengua más y más seca, como si estuviera hecha de cartón. Finalmente, Joe me dio un codazo.

—Acabo de recibir un mensaje de mi mamá —dijo—. Está afuera con nuestras cosas. Es hora.

CAPÍTULO 36

Definitivamente no era la primera vez que la señora Hidalgo montaba un espectáculo ella sola. Era toda una profesional. No teníamos escenario, pero sí electricidad. Con la ayuda del señor Baca, encontramos un lugar afuera de la escuela, cerca de la salida de la cafetería. Joe y ella descargaron la batería que tenían en el sótano. El señor Baca conectó extensiones a las tomas de corriente que había adentro de la cafetería y la señora Hidalgo las desenredó hasta donde estábamos montando.

—Pase lo que pase —nos dijo el señor Baca con complicidad—, yo nunca estuve aquí.

Nos guiñó un ojo y desapareció en la cafetería.

—Mientras no nos desconecten, todo estará bien —dijo la señora Hidalgo.

Intenté no pensar en vomitar mientras veía gente salir del auditorio. Al parecer, ya había acabado el concurso de talentos.

—¿Estás bien, Malú?

La señora Hidalgo se me acercó y me entregó una botella de agua.

"Todo va a estar bien", dije en mi cabeza mientras bebía. Me limpié la boca y me sacudí los nervios.

—No sé si pueda hacerlo —murmuré.

—Es normal que te sientas ansiosa —dijo la señora Hidalgo—. Cualquiera estaría nervioso.

Alcanzaba a ver a lo lejos a la directora Rivera, cerca de la puerta principal. Llevaba un *jean*, lo que casi la hacía parecer una persona común.

—¿Qué cree que haga? —pregunté, consciente de que no era punk preocuparse por la reacción de la directora Rivera.

Me sentí avergonzada.

—Bueno, no tienes que hacerlo —dijo la señora Hidalgo.

Miré a Ellie y a Joe, que estaban acomodando sus instrumentos. Benny estaba tocando silenciosamente las notas de la canción en los botones de su trompeta.

—Quizá deberías pensar por qué quisiste hacer esto y entonces decidir —dijo la señora Hidalgo—. Voy a montar los micrófonos por si acaso.

Me dio una palmada en el brazo.

—Ah, casi se me olvida. —La señora Hidalgo se dio la vuelta y buscó algo en su bolso—. Espero que tengas un reproductor de CD además del Walkman.

Me entregó un sobre cuadrado.

—Gracias —dije.

Adentro había un CD y una lista de canciones. Me senté en la banqueta y pensé por qué había planeado todo. Porque la directora Rivera nos excluyó del concurso de talentos de la Fiesta de Otoño por tocar muy fuerte y por no entrar en la idea que tenía para el aniversario, me dije. Pensé más y supe que había otras razones, que involucraban a mi mamá y el hecho de sentir que nunca iba a ser la persona que ella quería que fuera.

El Mago de Oz le dice al León Cobarde que el verdadero valor radica en enfrentar el peligro cuando tienes miedo. Yo tenía miedo. En realidad, estaba aterrada. Pero el concurso de talentos y la canción fueron mi idea, y no podía echarme para atrás. De pronto, desapareció la incertidumbre sobre seguir o no con la Fiesta Alterna, como si alguien hubiera sacado un borrador y hubiera dejado el pizarrón en blanco. Fui hacia donde estaba la banda, que esperaba junto a la batería. Ellie estaba sentada detrás, lista para rockear.

—¿Listo, Calixto? —preguntó Joe, que estaba brincando de un lado a otro, moviendo los hombros como un boxeador antes de una pelea.

Me mordí las uñas y pensé que ojalá tuviera mis audífonos para acallar todos los sonidos a mi alrededor.

—No —dije—. Pero hagámoslo.

—Ahí vamos —dijo Joe—. Co-Co's a las tres.

Los cuatro apilamos nuestras manos. La mía era la única húmeda.

—Uno, dos, tres —gritamos al unísono—. ¡Co-Co's!

Nuestras manos unidas y luego separadas. Deseé en silencio tener la confianza de todos mis cantantes favoritos de punk, incluso la de Lola B., para poder sobrevivir a eso.

CAPÍTULO 37

me acerqué al micrófono que la señora Hidalgo había colocado para mí y le di unos golpecitos. El sonido hizo eco en el estacionamiento.

—Hola, Secundaria Posada —dije dudosa.

Algunos niños se habían acercado mientras estábamos montando. Otros más, y algunos adultos, empezaron a llegar en grupos, queriendo ver qué estaba pasando.

—Nosotros somos los Co-Co's —dije—. Fuimos a las audiciones para el concurso de talentos de la Fiesta de Otoño, pero no logramos entrar porque tocamos horrible.

La gente se rio y sentí que me relajaba un poco.

—En realidad, no entramos porque sonamos muy fuerte, y porque tocamos una canción de punk *rock* y al parecer el punk no tiene nada que ver con esta celebración de Posada, ya sea la escuela o la persona.

Alguien en el público abucheó, pero no *a* nosotros. Creo que lo hizo *por* nosotros.

—Pero, ¿saben qué? —dije, subiendo cada vez más la voz—. José Guadalupe Posada era totalmente punk. La directora Rivera dijo que Posada representaba al pueblo y la cultura mexicana, pero lo que no les dijo es que representaba a *todo* el pueblo, particularmente a los que necesitan una voz y un medio para ser escuchados.

La gente murmuró. Vi al señor Baca entre el público, haciendo con la mano la seña de *rock*. Miré a la señora Hidalgo, que me sonrió y asintió. La señora Oralia estaba junto a ella y también sonreía.

—Leí un libro sobre él que saqué de nuestra biblioteca y aprendí que criticaba todo lo que estaba mal con el gobierno y con las injusticias en la sociedad. Y lo hacía con su arte. ¿Hay algo más punk que eso? —pregunté.

Miré las caras que estaban más cerca. Mis compañeros estaban escuchando lo que yo decía. Algunos estaban de acuerdo y asentían.

—Así que preparamos esta Fiesta Alterna para Posada y para nosotros, para todos los que se quedaron fuera del concurso de talentos porque no embonaban con una idea. Todos los que quieran presentarse pueden hacerlo después de nuestra presentación. Todos pueden tener una voz aquí, sin importar lo raros, ruidosos o poco tradicionales que sean.

Respiré hondo y miré a Joe.

—Somos los Co-Co's —dijo Joe en su micrófono, como habíamos planeado—. ¡Y esta no es la música de tu abuela!

Ellie golpeó sus baquetas para marcar la entrada. Benny empezó a tocar las primeras notas de la canción original y los cuatro empezamos a cantar, lentamente, el coro. Imitamos lo mejor que pudimos el sonido triste de los cantantes de rancheras que habíamos escuchado en el Calaca. Y luego nos lanzamos con la versión más rápida y más fuerte de "Cielito lindo" que cualquiera en la Secundaria Posada y probablemente en el mundo hubiera escuchado jamás.

Cuando me tocó cantar sola, cerré los ojos y respiré hondo, como si me estuviera preparando para saltar hacia la parte más honda de una alberca. Mantuve los ojos cerrados al cantar, pues tenía miedo de que otros rostros me devolvieran la mirada. Sentía todos los nervios de mi cuerpo encendidos y vibrantes. Imaginé que era Lola B. cantando en un estadio repleto, e imaginé a Selena entre el público, con la mandíbula en el suelo.

Joe, Ellie y Benny se me unieron en el coro, que hablaba justamente sobre cómo cantar alegra los corazones tristes. Yo sabía que era cierto porque cualquier tristeza que sentía por haber dejado mi hogar, por Selena o por mi mamá no existía en ese momento.

Escuchar a la banda cantar junta siempre me daba risa, así que me reí. Sacar una buena carcajada me relajó todavía más. Canté, apretando el micrófono tan fuerte que me dolió la mano.

Cuando finalmente tuve el valor de abrir los ojos, vi reunidos a los estudiantes, maestros y familias de Posada. Alcancé a ver caras conocidas: el señor Ascencio, Selena y Diana, el señor Jackson y la directora Rivera, que se veía perpleja, como si no supiera qué hacer con nosotros en esa situación. También vi caras familiares que no esperaba encontrar, y pensé que mis ojos me estaban engañando.

Cuando miré de nuevo hacia donde estaban la señora Hidalgo y la señora Oralia, vi que las acompañaban mi mamá y... ¡mi papá! Los labios de mamá se movían, cantando cada verso, como si lo estuviéramos haciendo juntas. Quizá, después de todo, esta era la mejor manera de contarle sobre el proyecto secreto.

Alguien en el público soltó un grito de mariachi y Joe lo contestó. Las manos de Ellie eran un torbellino golpeando la batería, tan duro que su melena pelirroja se agitaba como si fueran llamas. Benny meneaba su trompeta de izquierda a derecha, y su cola de caballo lo seguía. Con eso dejé ir lo último que quedaba de mis nervios, como la piel de una víbora.

Durante el resto de nuestro número hice pogo y di vueltas, y la letra ya no se sentía rara saliendo de mi boca, como otras veces cuando hablaba español. Fluía como si siempre hubiera sido parte de mí.

Miré a mi mamá. ¿Qué estaría pensando mientras volteábamos de cabeza "Cielito lindo"? Ella me miró también y sonrió.

Cuando la banda tocó la última nota de la canción, me quité el sombrero de mariachi y, como había hecho Selena con su collar de dulces, lo aventé a la multitud. Luego pensé que a lo mejor no había sido buena idea porque ese sombrero era más grande y pesaba como cincuenta veces más que el collar. Voló por los aires y los niños se lo arrebataron, hasta que alguien de octavo grado se irguió con él puesto.

Nos aplaudieron mucho y nos vitorearon, y nos to-mamos de las manos como habíamos practicado, e hicimos una reverencia juntos. Y aun si no había un es-cenario desde donde saltar, Joe se subió a un amplifica-dor y saltó hacia el público, donde lo atraparon algunos tipos de la Bola de Dulces de Selena. Quizá Joe sí era punk después de todo.

CAPÍTULO 38

¡Eso fue increíble! —dijo Ellie, saltando. Nunca la había visto tan emocionada—. Fue mejor que...

—¿Sacar A+ en un examen? —preguntó Benny.

—Déjame pensarlo —dijo Ellie con una risita.

—No puedo esperar para hacerlo otra vez —dijo Joe.

Mi cuerpo temblaba como cuando no le hacía caso a mi mamá y me tomaba dos tazas de café con azúcar seguidas. Esperé que la directora Rivera nos buscara. Teníamos una playera lista y esperando por ella. Pero estaba ocupada con un par de niños de sexto grado que se habían adueñado de los micrófonos para su rutina de comedia. Uno era un ventrílocuo y el otro interpretaba al muñeco. ¿Quién hubiera dicho que existieran tantos chistes sobre pedos?

Vi a Selena acercarse con el rabillo del ojo, pero estaba demasiado feliz y no tenía la energía suficiente para moverme. Además, a una parte de mí ya no le importaba lo que fuera a decir.

—Debo decirlo, María Luisa, no estaba esperando eso.

—¿Qué?

—*Tú* cantando en español —dijo, contoneando su falda larga de derecha a izquierda.

—¿Por qué crees que no sé español? —pregunté—. ¿Y por qué te importa tanto?

—Solo intentaba decirte un cumplido, ¿sí? —dijo—. Te iba a decir que fue un poco raro. Bueno, fue muy raro, pero no estuvo tan mal.

Me sentía demasiado bien como para permitir que Selena me minimizara, así que solo le sonreí lo más genuinamente que pude.

—Tus cumplidos necesitan práctica —dije—. Pero, gracias.

Selena me miró como un gato que acecha su presa y luego se fue, barriendo el suelo con su falda. No subió al escenario después de nosotros, pero esperaba que pudiera tomar las clases de danza irlandesa que quería.

La directora Rivera anunció que la escuela consideraría tener un "micrófono abierto" en la Fiesta de Otoño del siguiente año, pero que, desafortunadamente, tenía que desconectar los micrófonos ahora. Un grupo de niños la abuchearon y Ellie empezó un canto de protesta que todos apoyamos.

—¿¡Qué queremos!? —gritó.

—¡Fiesta Alterna! —respondió el grupo, con Benny, Joe y yo a la cabeza.

—¿¡Cuándo lo queremos!?

—¡Ahora!

Seguimos así durante un minuto, hasta que los niños empezaran a irse hacia la comida y los juegos. Vi que la señora Hidalgo se acercó a la directora Rivera. Esperaba que pudiera calmar un poco las cosas por nosotros, pero, si no, también estaba bien.

—¡Sorpresa! —gritó una voz familiar.

Papá corrió hacia mí y me levantó en un abrazo. Mamá estaba detrás de él, cargando un ramo de flores.

—Estuvieron *fantásticos* —dijo.

—No puedo creer que estés aquí —dije y lo abracé tan fuerte como pude, temiendo que desapareciera de nuevo, y respiré su olor familiar a papá—. Lo siento.

—¿Por qué te disculpas? —preguntó confundido.

—Por hacerte sentir mal sobre la señora Hidalgo —dije.

—Lú, ojalá tuviera todas las respuestas que necesitas siempre. Obviamente, no las tengo. Pero estoy muy contento de que hayas conocido a alguien como la señora Hidalgo, que te comprende —dijo papá, y sonrió—. En serio. No puedo esperar para conocerla.

—Yo tampoco —dije, aliviada.

Cuando me separé de papá, mamá me dio también un abrazo muy fuerte.

—Papá tiene razón —dijo, enderezándose—. Estuvieron fantásticos.

—¿Qué estás...? ¿Qué están haciendo aquí los dos?

—No me lo hubiera perdido por nada —dijo mamá, entregándome un ramo de flores parecidas a las del tatuaje de la señora Hidalgo—. Para la cantante.

—Gracias, mamá —dije.

—Son dalias —dijo—. La flor nacional de México.

Estuve a punto de decir, "Por supuesto, Supermexicana", pero en cambio solo dije que eran muy bonitas.

—¿Por qué no me contaste? —preguntó.

Mi mamá lucía triste y molesta a la vez. Sus ojos estaban tristes, pero las arrugas de la frente la hacían verse molesta. Ahora sabía por qué había estado tan rara en la mañana. Papá se alejó.

—Las dejo para que hablen —dijo—. Hay una manzana caramelizada que me está haciendo ojitos.

Mamá asintió y papá se dirigió al carnaval.

—¿Y bien? —preguntó mamá—. ¿Esto es lo que has estado haciendo con Joe todo este tiempo? ¿Por qué no me dijiste?

—¿Por qué crees, mamá? Pensé que lo último que querías era que fuera rarita. Menos aún enfrente de otras personas.

—Malú, tenemos nuestras diferencias, pero ¿en serio pensaste que me iba a querer perder algo así? —preguntó—. Habla conmigo. Dime qué pasa.

Miré el piso y empecé a rodar una piedrita debajo de mi tenis.

—Creo que no quería escucharte criticarlo todo como siempre haces. Mi español, mi ropa —dije—. Ya tengo suficiente de eso en la escuela, con Selena.

—¿Selena?

—Sí, mamá —dije—. Sé que te cuesta trabajo creerlo, pero no somos amigas. Mis amigos son los de la banda. Todos somos distintos, pero ellos no se burlan de mí.

—Lo siento, Malú —dijo mamá—. Sé que mudarnos aquí ha sido difícil, y me da mucho gusto que hayas hecho amigos. Nunca quise hacerte sentir mal sobre ti misma.

—Pero sí lo haces —dije—. Siempre minimizas las cosas que me gusta hacer, porque no estoy siendo una señorita o porque no valoro mi cultura. No sé cómo ser yo si siempre me dices que ser yo está mal. Odio decepcionarte todo el tiempo.

—No me decepcionas, Malú —dijo mamá—. Y lamento si te he hecho sentir así.

—No puedo evitar que mi español apeste —dije—. Y me gusta mi cabello verde.

Mi mamá asintió, como si verdaderamente estuviera escuchando.

—Creo que no me di cuenta de que estaba siendo tan dura contigo.

—No siempre —dije, dándome cuenta de que mi mamá se sentía muy mal—. Pero a veces.

—La señora Hidalgo me contó del concierto. Y tu papá también lo mencionó —dijo—. Parecía que todos sabían, menos yo, y me pregunté por qué. Creo que a veces proyectamos sentimientos personales hacia otros, y lamento haberlo hecho contigo.

—¿A qué te refieres, mamá?

—Pues, no es coincidencia que me dedique a enseñar —dijo—. ¿Sabes?, cuando era chica también sentía que no era suficiente de nada y que era demasiado de lo que supuestamente no debía ser. No era suficientemente mexicana y era demasiado *nerd*.

—¿Tú? —pregunté incrédula—. ¿La Supermexicana?

—Cuando tu papá me contó de la banda y de cómo te habías estado sintiendo, me hizo pensar en cómo había estado actuando. También esta mañana no pude evitar ponerme como loca por lo de tu cabello. Creo que tengo que trabajar en dejarte ser tú. Y en ser menos mala onda.

—No eres mala onda, mamá —dije—. Solo eres... tú.

Mamá se rio.

—No siempre lo demuestro, pero me encanta que no te moleste resaltar y que no te importe lo que otros piensen —dijo mamá—. Ni siquiera yo. No es fácil.

—Entonces, ¿no te importa lo del cabello? —pregunté.

—¿Me tiene que gustar?

—Supongo que no —dije—. Pero ¿podrías dejar de molestarme con que sea una señorita? ¿O al menos dejar que yo decida qué significa eso para mí?

—Lo intentaré —dijo mamá.

—Y bueno... sé honesta. ¿Qué te pareció la canción?

—Fue, por mucho, la versión más única de "Cielito lindo" que haya escuchado en mi vida —dijo mamá.

—Te pareció horrible, ¿verdad?

—Que sea única no significa que sea horrible —dijo—. Tú más que nadie deberías saberlo. Creo que es genial. Me encantó lo que hicieron con ella, mezclando lo viejo y lo nuevo.

—Gracias, mamá.

—También estoy orgullosa de que cantaras en español —dijo—. Ya me imagino lo nerviosa que estabas.

—En realidad —dije—, no fue tan difícil como pensé.

—Me alegra escuchar eso —dijo mamá—. ¿Sabes? A lo mejor vas camino a convertirte en Supermexicana Jr.

Las dos nos echamos a reír.

—¿Qué es tan gracioso, señoritas? —preguntó Joe,

acercándose. Su sombrero de mariachi colgaba otra vez de su cuello.

—Chiste privado —dije.

—Oigan, Manolito's trajo un camión de comida —dijo Joe—. Tienen los mejores tacos. ¿Le entras, María Luisa...? Digo, Malú.

—Puedes llamarme María Luisa si quieres —dije—. No me molesta.

—Sí —dijo mamá—. Definitivamente le entramos. Vamos a buscar a tu papá.

CAPÍTULO 39

Debí haber destrozado mi guitarra —dijo Joe.

—Hubieras tenido que trabajar muchas más horas en el Calaca para comprar una nueva —le contestó la señora Hidalgo—. Mejor abstente hasta que vayas de gira y ganes mucho dinero.

—Sí —dijo Joe—. Tienes razón, ma.

Nos sentamos en una mesa de picnic junto al camión de comida de Manolito's y compartimos una canasta de totopos y salsa. Yo ordené un taco vegetariano y mi mamá pidió que fuera sin cilantro, y no hizo comentarios sobre mi falta de papilas gustativas mexicanas.

Estábamos Joe, sus papás, mi mamá y mi papá, Benny y Ellie, e incluso la señora Oralia. Estaba emocionada por poder presentarle finalmente a la señora Hidalgo a mi papá. Sabía que le iba a caer bien y comprendería por qué era tan importante para mí. Tenía a todas mis personas favoritas en un solo lugar y eso me hizo sentir en casa. Incluso si no era el hogar que había dejado un par de meses antes.

—¿Y qué se siente ser vocalista en una banda punk? —preguntó papá.

—Se siente muy bien —dije.

—Tus amigos se ven buena onda —añadió.

Miré a Joe, a Benny y a Ellie aventándose las envolturas de los popotes. *Mis amigos.* Sentí que en realidad había encontrado con quién recorrer el camino amarillo. Mi gente.

—Sí, lo son —dije.

—¿Y los Co-Co's van a ser una banda de punk ranchero? —preguntó el señor Hidalgo—. Me gusta.

—No —dijo Joe—. Creo que vamos a escribir nuestras propias canciones, ¿o no?

Asentí. Si íbamos a ser una banda de verdad, necesitábamos empezar a componer nuestra propia música.

—Bueno, me gustó la canción —dijo la señora Oralia—. María Luisa, eres la grande pequeña.

—Lo es —dijo mi mamá—. Pequeña en tamaño, pero grande en voz.

Sentí que me ruborizaba.

—Tu cabello se ve genial, por cierto —murmuró la señora Hidalgo.

—Gracias. Mi mamá no piensa lo mismo —dije—. Por suerte me lo tengo que pintar para el lunes.

—Pasar de castaño a verde *fue* un proco extremo —dijo—. Tal vez necesite tiempo para acostumbrarse.

—Sí, tal vez —me pasé la mano por la cabeza.

—Se veía muy contenta mientras tocaban —dijo la señora Hidalgo con una sonrisa.

—Sí —dije—. Pero, ¿y si siempre me ve como una niña rara que no cumple con sus expectativas?

—No te preocupes tanto por eso —dijo la señora Hidalgo—. ¿Sabes, Malú? Yo veo a las personas como colchas de retazos. Algunas partes son más bonitas que otras. Algunas combinan y otras no. Pero, si quitas una, tu colcha está incompleta. Y nadie quiere eso. Todos tus retazos son igual de importantes porque te hacen sentir completa. Incluso los que son raros.

Me sentía tan afortunada de haber conocido a la señora Hidalgo. Me hacía sentir que sí había esperanza, incluso para los cocos raritos como yo. Ojalá llegara a ser por lo menos la mitad de radical que ella.

~

Después de la cena me refugié en mi cuarto para trabajar en un zine antes de dormir. Mi papá y yo habíamos quedado de ir a Laurie's Planet of Sound y otras tiendas de discos al día siguiente, así que no quería desvelarme. Me desmaquillé y me puse el pantalón de la pijama, pero me dejé puesta la playera de los Co-Co's. Saqué el CD que me había regalado la señora Hidalgo, me puse los audífonos y subí el volumen; la única forma de escuchar punk *rock*.

Al igual que Dorothy en *El mago de Oz*, definitivamente ya no estaba en Kansas. Pero Chicago ya no se sentía tanto como Oz. Me di cuenta de que también podía ser mi hogar.

Mientras fluía la música a través los audífonos, pensé en lo que la señora Hidalgo había dicho en la cena. Yo sabía que formaba parte de mi mamá y de mi papá, pero también era parte de cosas que no tenían nada que ver con ellos. Yo era mi propia colcha de retazos.

Hasta la música punk se sentía como una colcha todavía más desigual de lo que había pensado antes. Ser punk significa muchas cosas diferentes, al igual que ser mexicana significa muchas otras también. A veces, todas esas cosas no embonaban. Pero está bien, porque me di cuenta de que, tal vez, la primera regla del punk es que tú hagas tus propias reglas.

A veces AUDAZ y VALIENTE, y con ganas de estar _adentro_ del cuadro.

A veces ASUSTADA e INSEGURA, y feliz de estar _afuera_ del cuadro.

UNA

niÑA

mitad mexicana que...

odia el cilantro.

se pelea con el español.

*todavía está aprendiendo
sobre su cultura.*

RUIDOSA

Y

CÓMICA

pero

callada

Y

SERIA también.

rara

punk

musical

artística

sarcástica

CORAZOn

LiBRE

ModernA

daughter hija

amiga friend

María Luisa

Malú

MúSiCA DiSParEJA

Calavera con
guitarra, de
Posada

Swift Moves –
The Brat

La Bamba – Richie Valens

Volver, Vulver –
Piñata Protest

Poder Elegir –
Downtown Boys

Come On, Let's Go –
Girl in a Coma

Cielito Lindo –
Lola Beltrán

Soy Yo –
Bomba Estereo

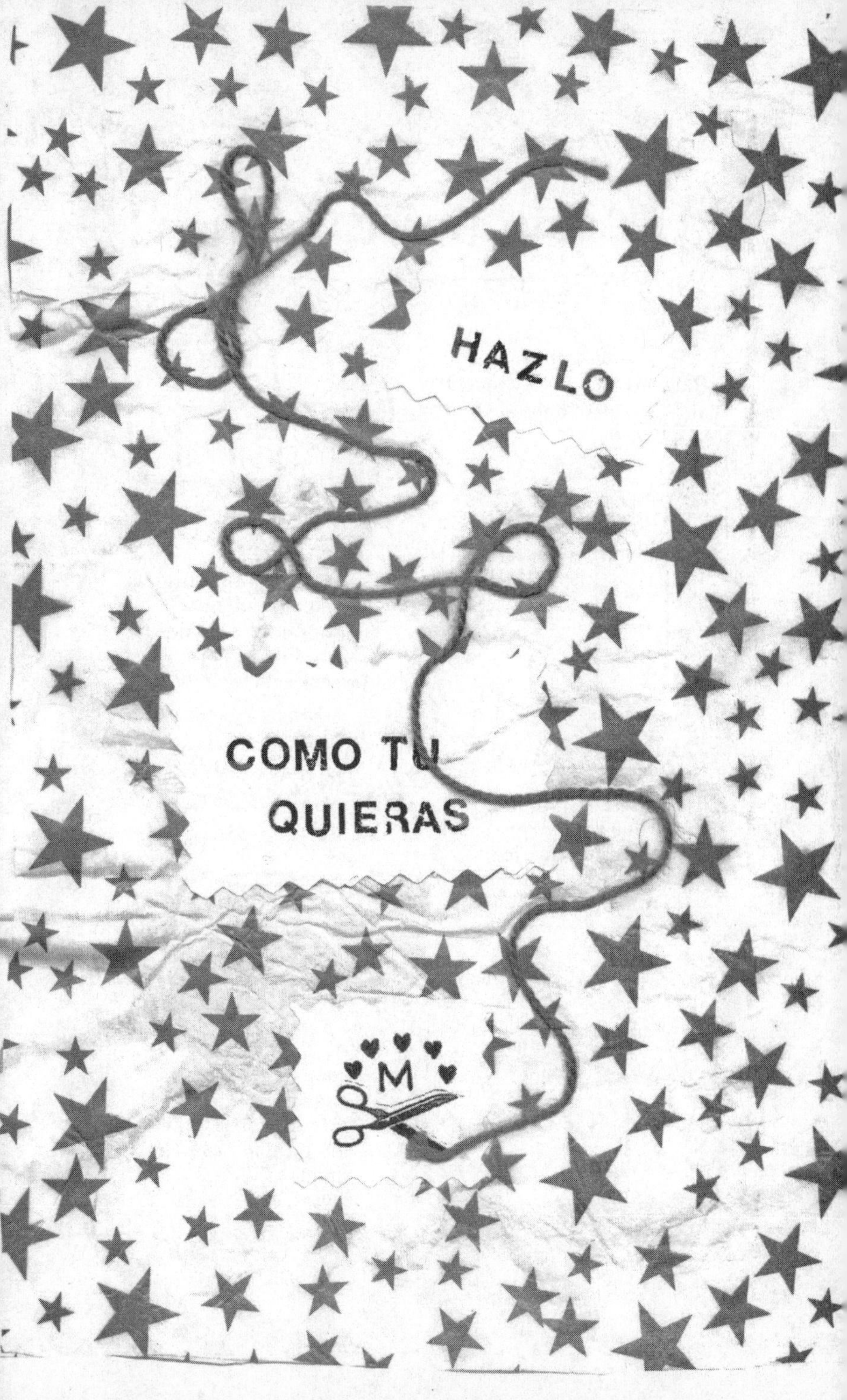
HAZLO
COMO TU
QUIERAS
M

¡Cómo Hacer Un Zine!

1. Dobla el papel a la mitad, luego en cuatro y una vez más, en ocho.

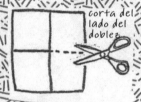

corta del lado del doblez

2. Abre tu papel hasta dejarlo doblado a la mitad. Corta solo hasta la mitad de la hoja, del lado del doblez.

3. Abre el papel y dóblalo a lo largo, sobre el pliegue que tiene el corte. Toma ambos extremos y presiona las secciones para unirlas.

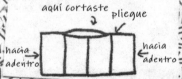

aquí cortaste   pliegue

hacia adentro

hacia adentro

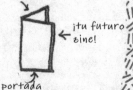

contraportada

¡tu futuro zine!

portada

4. Voilà! Debe quedarte un cuadernillo. ¡Ahora solo necesitas llenar las páginas con tus grandes ideas!

AGRADECIMIENTOS,
o las personas que me guiaron hasta este libro

La dramaturga Adrienne Kennedy escribió una autobiografía titulada *People Who Led to My Plays*, donde enumera en forma de listas comentadas toda la gente, las cosas, las vivencias y los recuerdos que influyeron en su creación. Eso te hace ver cómo cualquier cosa —o todo, en realidad— puede alterar nuestra visión del mundo, provocar una idea, dejar una impresión y conducir a algo más. Mis palabras de ninguna manera son una lista tan exhaustiva de las personas y las cosas que me llevaron a escribir este libro, pero son un buen principio.

Stefanie Von Borstel, mi agente, gracias por ver algo especial en mi historia y por darme una oportunidad. Estoy orgullosa de haberte conocido y de estar vinculada con el trabajo que haces a través de Full Circle Literary. Joanna Cárdenas, mi editora, tu entusiasmo, inteligencia, humor y apoyo transformaron mi manuscrito.

Gracias por impulsarme hacia otras profundidades. Eres un regalo y nada de esto hubiera sido posible sin ti. Kat Fajardo, una talentosa artista con una importante labor, gracias por darle vida a Malú y a su entusiasmo en la portada del libro. En una industria que lucha por ser inclusiva, una de las cosas que más me enorgullecen es que este equipo de latinas haya participado de la creación de este libro.

Ken Wright, Kate Renner, Dana Li, Kaitlin Severini, Abigail Powers y todos en Viking Children's Books (Penguin Random House), porque sus manos, sus corazones y sus mentes son parte de este viaje. Gracias por ayudarme a lograrlo.

Taylor Martindale y Adriana Domínguez, de Full Circle, por su apoyo y por el gran trabajo que hacen para entregarle historias diversas al mundo.

Jenna Freedman, que no solo leyó el primer borrador y me dio su valiosa opinión, sino que es mi mejor amiga en los zines, las bibliotecas y la vida. Thomas Pace, que lo leyó y me planteó preguntas que me hicieron reconsiderar hacia dónde quería que fuera la historia, y quien no se rio de mí, aun cuando nuestra amistad consiste en molestarnos constantemente.

Mis maestros de literatura de la preparatoria, especialmente Cristina Bascuas, mi maestra de redacción creativa en el décimo primer grado, quien me consideró una escritora antes de que yo lo hiciera. Los Niggli-Moore y Karen Larson, por su amistad y por siempre apoyar mis proyectos narrativos. Christopher Lamlamay y Thomas Matthews, mis vecinos favoritos, quienes me abrieron las puertas de su casa —a mí y a todas mis necesidades tecnológicas— mientras estaba trabajando en este libro. ¡Me salvaron la vida! Jessica Mills, que no solo sabía que "Blitzkrieg Bop" es la canción más fácil de aprender de los Ramones, sino que es también la primera artista punk que vi tocar en persona. Sigues siendo la mejor. Travis Fristoe, quien me mostró el poder y la magia de los zines cuando más lo necesitaba. Cómo quisiera poder compartir esto contigo.

Lucia González, Oralia Garza de Cortés, Ruth Tobar, Lettycia Terrones, Sandra Ríos Balderrama y todas las bibliotecarias activistas de REFORMA-CAYASC, quienes defienden la literatura latina infantil y son voces firmes y contundentes en el mundo. Su labor y su dedicación me inspiran.

En *Nepantla: Essays from the Land in the Middle*, Pat Mora se refiere a los autores que influyeron en ella como "maestros invisibles". Hay muchos escritores e ilustradores que han influido en mí a lo largo de mi vida como lectora, pero existe un lugar especial en mi corazón para Michele Serros, Sandra Cisneros y Jaime Hernández, cuyo trabajo me permitió hallar finalmente un espejo en los libros y saber que sí existen otras niñas morenas, *nerds*, punk, poco femeninas, sensibles y soñadoras.

La revista *Sassy*, *Factsheet Five* y Pander Zine Distro, sin los cuales quizá nunca me habrían gustado los zines. Frank Barber, que me hizo mi primera compilación de punk en una cinta. Tituló el casete *Valiente nuevo mundo*, y realmente lo era. Todos los zines que he leído y la música que he escuchado, incluyendo los músicos mencionados en este libro, han influido en la

forma como veo el mundo y en el trayecto de mi creación. Todas las bibliotecas que han llenado mi vida de
libros me han regalado ventanas hacia otros mundos y
me han dado permiso para soñar.

La familia Pérez, particularmente mi mamá y mi hermana mayor, Gloria, por todo su apoyo y sacrificio. Mis
respetos. Vicki Zeeb y la familia Zeeb, por su amor y su
apoyo.

Y mi gente, los Pérez Zeeb: Brett, que siempre creyó
en este libro y lo aplaudió desde la concepción hasta
la realización; Emiliano, que es mi todo, y Mister Bagel
también. Gracias, los amo.

Hay momentos en que escribir puede ser una labor
solitaria. Sin embargo, al recordar toda esta experien-
cia, lo que menos siento es soledad. Mil gracias a todos.
Es un honor tenerlos en mi vida.